박헌기 수필집
초동의 꿈

인쇄 | 2022년 3월 5일
발행 | 2022년 3월 10일

글쓴이 | 박헌기
펴낸이 | 장호병
펴낸곳 | 북랜드
　　　　06252 서울 강남구 강남대로 320, 황화빌딩 1108호
　　　　41965 대구시 중구 명륜로12길 64(남산동)
　　　　대표전화 (02)732-4574, (053)252-9114
　　　　팩시밀리 (02)734-4574, (053)252-9334
　　　　등록일 | 제13-615호(1999년 11월 11일)
　　　　홈페이지 | www.bookland.co.kr
　　　　이-메일 | bookland@hanmail.net
책임편집 | 김인옥
교　　열 | 전은경 배성숙
ⓒ 박헌기, 2022, Printed in Korea

ISBN 979-11-92096-62-9 03810
ISBN 979-11-92096-63-6 05810 (E-book)

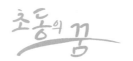

박헌기 수필집

북랜드

작가의 말

나는 젊은 날 종종 하늘을 훨훨 날아다니는 꿈을 꾸곤 했었다.

정신분석학자인 프로이트는 일찍이 꿈은 억압된 소망을 충족하기 위해 만들어졌으며, 그 소망이 인간의 내면에 존재하는 본능과 욕망의 총체인 무의식이라고 선언했다. 그런데 나는 어린 시절 남들처럼 진학도 못 하고 산촌에 외롭게 남겨진 초동의 신세였다. 그렇다고 한들, 내게도 친구들과 어울려 학교도 다니고 희망찬 장래를 성취하려는 꿈이 어찌 없었겠는가. 그때 하늘을 날아다니던 꿈은 배움에 목말라했던 소망의 결과가 아닐는지.

세월은 흘러 어느덧 서산에 황혼이 지는구나. 우리는 오직 하나뿐인 생명을 가지고 단 한 번뿐인 인생을 살아가고 있는 것이라 하지 않는가. 장자는 아내가 죽은 상가에서 쟁반을 두들기고 노래를 부르면서 문상 온 친지에게 생사여일生死如一을 주장하였다. 생과 사는 밤낮의 순환이니, 하늘의 법칙이야 만물에 일관되는 자연의 법칙으로 인위로써 어쩔 수 없는 법리인 것을……. 아내는 지금 편안히 천지의 거실에서 자고 있다며 쟁반을 계속 치면서 노래를 불렀다 하지 않는가.

인생이란 언젠가는 떠나야 하는 것. 사람이 사람답게 늙고 사람답게 살다 사람답게 죽으면 얼마나 좋으랴마는, 지난 일은 이미 지난 일이니 잊어버려야지. 바람이 있기에 꽃이 피고, 꽃이 져야 열매가 맺히거늘, 떨어진 꽃잎 들고 운들 무엇 하랴.

노인은 또 다른 새로운 삶의 시작이라 했던가. 내일보다는 오늘이 젊으니 지금이 내 인생의 황금기라 믿어 보자. 새롭게 개척할 미래도 꿈꾸고 즐거운 보람도 찾아보리라.

외로운 늙은이를 위로라도 해주려는가. 아직은 차가운 겨울인데도 베란다의 영산홍과 호접란이 벌써 발갛게 활짝 피어나는구나. 그래, 너희들을 벗 삼아 내 여생을 즐기리라.

그동안 내게 창작 지도를 해 주신 수필가 곽흥렬 선생님 그리고 이 책의 출간을 도와주신 분들에게 깊은 감사의 말씀을 드린다.

2022년 3월

유헌獨軒 박 헌 기

| 차례 |

2부 마지막 당부

3부 복숭아를 남긴 죄

4부 내 뒤를 쫓는 자

5부 그날이 올 때까지

1
쓸개 빠진 놈

초옥

이른 봄 미명에 기지개를 켜며 마루창문을 밀친다. 베란다 분재의 그윽한 풀내음이 온몸으로 스며든다. 엊그제 난초의 외로운 꽃대가 망울을 맺는가 싶더니 그 향기마저 코끝에 와닿는다. 아! 상쾌하다. 저 멀리 창 너머로 밀려오는 앞산에도 그리운 고향에 피어난 뭇 꽃들이 시골 아이들을 부르듯 지금도 동심을 손짓하고 있으리라. 진달래를 따 먹으려고 우르르 몰려 다니던 어린 시절의 향수가 뇌리를 스친다.

자연 속에서 무소유의 삶을 살고 있다는 어느 스님은, 꽃은 단순한 눈요기가 아니라 함께 살아가는 곱고 향기롭고 부드러운 우리의 이웃이라고 했던가. 나를 즐겁게 해 주던 베란다의 이 이

옷이 한여름에 몸살을 앓고 있다. 햇볕이 아쉽다. 사람들은 뜨거운 햇볕을 피해 산이나 바다를 찾건만 이놈들은 그 햇살이 그렇게도 그리울 수가 없다. 목마른 아기처럼 어머니의 손길 같은 태양을 향해 온몸을 던진다. 한여름의 햇살은 베란다의 언저리에 잠시 머물 뿐 애절한 그들의 구원을 외면해 버린다. 참으로 안타깝다.

집사람의 핀잔처럼 한평생 하숙생이었던 내가 베란다에 화분이라도 가꾸어 볼까 생각한 것은 두세 해 전 아파트로 이사를 하면서이다. 그동안 나는 철 따라 피어나는 꽃도 볼 줄 몰랐고 달이 뜨는지 기우는지조차 관심 없이 살아왔다. 이제 별 볼 일 없는 늙은이가 되어서야 지난날을 되씹으면서 뒤늦게 이놈들에게 내 남은 애정을 쏟아보고 싶었다.

옛 선비들은 "오동나무는 천년이 되어도 항상 가락을 간직하고 매화는 일생 동안 춥게 살아도 향기를 팔지 않는다."라며 매화를 고고한 선비의 기상으로 삼았다. 남달리 매화를 사랑했던 퇴계退溪 선생도 "내 전생은 밝은 달이었지, 몇 생애나 닦아야 매화가 될까."라고 읊었다. 그분이 매화를 흠모해 지은 많은 시 중의 한 구절이다. 선생은 사랑하는 두향이가 준 매화 화분을 가까이 두고 평생 사랑을 쏟았다고 한다. 아마도 두향의 치마폭에 적어준 "죽어 이별은 소리조차 나오지 않고, 살아 이별은 슬프기 그

지없어라."라는 이별의 시를 되뇌며 아쉬움과 그리움을 달랬으리라. 지금도 도산서원 입구에는 아름다운 매화가 피고 있다. 내 비록 못 잊을 두향은 없지만 스스로 두향의 매화라도 구하여 이른 봄 눈빛같이 청초한 그 아름다움에 흠뻑 취하여 시름을 달래보리라.

그러한 꿈을 안고 분재원을 찾았다. 형형색색의 철쭉들이 저마다 아름다움을 자랑하고, 명자며 장수매가 귀여움을 다투고 있었다. 이미 매화는 주렁주렁 매실을 달고 있고 모과며 사과도 열매를 맺어 나를 유혹한다. 봄에는 꽃을 보고 가을이면 열매까지 얻을 수 있으니 뽕도 따고 님도 보고 그야말로 일석이조일 터이다. 분재를 좋아하는 사람들이 분재의 가지와 줄기의 뻗음이 조화를 이루어 예술품 같고 잎과 잔가지의 흐름이 어느 산속에 있는 큰 나무들을 연상케 한다고 하지 않는가. 좁은 공간에서라도 대자연의 풍취를 바로 곁에 두고 즐길 수 있는 매력을 내 어찌 외면할 수 있겠는가.

초심자이면서도 겁 없이 용기를 내어 그놈들과 이사 오면서 가져온 난초들로 베란다를 메웠다. 처음엔 경험 삼아 가져온 철쭉이며 동백들, 명자와 장수매가 무성한 잎을 피우고 난초와 함께 때맞추어 꽃향기마저 내뿜었다. 앙증스런 소나무는 고향산천을 연상케 해 외로운 사람의 심사를 위로해 주었다. 아쉽게도 제법 살구알 정도로 커가던 모과가 며칠 밤 사이 하나둘 떨어졌다. 그래도 매실은 익기를 기다려 60여 알을 따서 조그만 병에 매실주를 담그는 망외의 소득까지 얻었다.

아파트에서 분재를 키우는 것이 어렵다는 주위의 충고를 못 들은 바 아니나, 때를 놓치지 않고 물만 열심히 주면 된다는 분재원 주인의 말만 믿고 보다 좋은 내년을 기약했다.

내 일과는 그놈들에게 물을 주며 그들과 속삭이는 것으로 하루가 시작되었다. 새봄이 돌아오면 더 아름답게 꽃을 피우고 충실한 열매도 맺어 달라며 말이다. 눈 속에서 매화가 핀다더니 해가 바뀌기 무섭게 맨 먼저 기다리던 매화가 가녀린 하얀 꽃봉오리를 피워 곧 봄이 올 것임을 알려준다.

그런데 이것이 웬인인가. 일주일도 못 가서 수정의 보람도 없이 꽃은 지고 말았다. 뒤늦게 몇 송이의 꽃을 단 모과도 겨우 한 알 열매를 맺어 제법 크는가 싶더니 그마저 어느 날 떨어져 베란다에 구른다. 들여온 지난해에는 온통 꽃바구니 같던 치자도 꽃이 피는 둥 마는 둥 지고 말았다. 여름이 되자 그 푸르던 명자와 장수매도 때 아닌 낙엽이 지고 매화의 잎마저 시들해 병색이 완연하다. 급히 분재원에 문의하여 살충제와 살균제도 치고 시비施肥도 했지만 신통치 않다.

그제서야 분재에 관한 서적을 구입해 읽었지만 그 지식으로는 현실에 대응할 수는 없는 노릇이었다. 명자와 장수매는 그대로 낙엽 지고 말았으니 내 정열을 한껏 쏟은 안타까운 심정을 이놈들은 어찌 이리도 무심하게 본단 말인가. 하는 수 없이 소품인 장수매와 명자를 분재원에 입원시켰다. 십여 일 후 분재원을 찾았을 때는 신기하게도 가지마다 새싹이 돋아나고 있지 않은가. 분재원 주인은 때맞추어 물을 주었을 뿐 특별히 치료를 한 일은 없다는 것이다. 제대로 가꾸지 못한 탓인가 환경 탓인가, 주위의 충고가 새삼 가슴에 와닿는다.

평소 잘 아는 이가 아파트 15층에 살다가 조그만 화단이 딸린 오래된 아파트 1층을 찾아서 이사하는 것을 보았다. 그는 꽃 가꾸기를 무척 좋아했다. 아파트 베란다는 햇빛도, 통풍도 한계가 있어 취미를 키우려고 이사를 했다는 것이다. 녹색부전나비들도 햇볕이 잘 드는 자리를 놓고 격렬한 싸움을 한다는데, 스스로 햇볕을 찾아 싸울 수도 없는 딱한 이놈들이 그렇게도 가여울 수가 없다.

문득 고향의 옛 초가가 그립다. 방문만 열면 앞산의 풀내음과 꽃향기가 달려온다. 울타리 안 채전은 화원을 가꾸기에 안성맞춤이리라. 하기야 집만 나서면 자연 그것이 바로 화원인 것을 달리 화원이 무슨 소용이랴. 아침이슬을 함초롬히 맞은 야생화들이 밝은 햇살 아래 한들한들 춤을 춘다.

이른 봄 까치 소리에 눈을 뜨면 마당에 하얗게 떨어진 감꽃을 주워 먹었고, 귀여운 병아리 떼가 어미 닭을 좇아 종종걸음을 치고 복슬강아지가 반갑다고 뛰어오른다. 고추잠자리가 아지랑이를 타고 온 마당을 휘젓는다. 잠자리채로 정신없이 그들을 따라 잡던 어린 시절이 꿈만 같다. 가을이면 초가지붕에 박이 주렁주렁 달리고 처마 끝에 모락모락 연기가 피어오르던 평화스러운 풍경을 잊을 수가 없다. 이미 오래전에 사라진 그 초가, 이제 꿈속에서나 만날 수 있으려나. 북쪽 창 아래에서 거문고를 뜯다가 술을 마시고, 술을 마시다 문득 시를 읊는다는 당나라 시인 백거이白居易의 북창삼우北窓三友는 이런 고향의 모습을 떠올리게 만든다. 그러므로 나에게는 잊을 수 없는 사자성어四子成語인 것이다. 십 대에 보통고시에 응시했을 때, 출제된 이 생소한 북창삼우의 뜻을 몰라 몹시 당황했던 것을 생각하면 지금도 쓴웃음이 절로 난다.

대청마루가 아니라도 좋다. 방문에 기대어 달 밝은 밤 소쩍새와 함께 자연을 노래하며 한없이 상상의 나래를 펼치던 그 시절의 초옥草屋이 그립다.

초동의 꿈

먹이를 쫓는 솔개처럼 하늘로 날아올라 공중을 선회한다. 신기하다. 어찌 내가 하늘을 날고 있단 말인가. 십 년 묵은 체증이 내려가듯 속이 확 트여온다. 너무 높이 날아올랐나, 머리끝이 쭈뼛하고 온몸이 오싹해진다.

눈 아래 펼쳐지는 산천은 여기가 어디일까. 생시에 그 지긋지긋하던 농촌이 그렇게 아름다울 수가 없다. 고향의 구룡산 같기도 하고 오마산 같기도 하다. 온통 이름 모를 꽃들로 붉게 수를 놓았다. 꿈속에서도 황홀경에 젖어 꽃물결이 넘치는 계곡을 따라 낮게 비상한다.

도연명의 도화원기桃花源記를 듣지 못한 철없는 어린 시절이라

복숭아꽃이 만발한 그런 무릉도원武陵桃源을 그리며 찾아 헤맨 꿈은 분명 아니었으리라. 다만 그때의 풍광이 지금도 아련하다.

나는 젊은 날 종종 하늘을 훨훨 날아다니는 꿈을 꾸곤 했다. 아마도 지긋지긋한 농촌에서 탈피하고 싶은 잠재의식 때문이었던 것 같다. 언제나 목적지는 팔십 리가 넘는 대구였다. 생시에 한 번도 가 본 적이 없는 미지의 땅이지만, 거기에는 새까만 교모에 교복을 입은 또래들이 학업에 열중하고 있으리라. 동경하던 그때의 간절한 소망을 어찌 꿈엔들 잊을 수 있단 말인가. 프로이트가 꿈을 인간의 무의식적 소원 성취라고 했던가. 내 꿈은 꿈에서도 이루어지지 않는 그저 꿈일 뿐이었다. 나는 이 산골을 탈출하고 싶었다. 대처로 달리고 싶었다. 남처럼 공부도 하고 싶었다.

산 정산에서 내가 그리던 이상향을 향하여 호기롭게 훨훨 날아올랐건만, 도원경은 간데없고 보이는 건 민둥산일 뿐이었다. 끝내 줄 끊어진 종이연처럼 흐느적흐느적 힘없이 주저앉는다. 그때서야 고향 집을 찾는다. 어디로 가야 하나. 길을 찾아 정처 없이 헤매다 꿈에서 깨어나 실의에 빠졌던 기억이 지금도 눈에 선하다.

문득 그리스 신화 속의 이야기가 생각난다. 이카로스는 밀랍으로 만든 날개를 달고 하늘을 향해 높이 날아오른다. 그는 아버지의 충고를 무시한 채 태양에 다가갔다가 밀랍이 녹아 그만 바다에 추락하고 만다. 하늘에라도 날고 싶어 하는 인간의 지나친 욕망이 얼마나 위험한 것인가를 우리에게 일러주는 신화이리라. 비록 전란이 휘몰아친 어려운 농촌이었지만 내 소박한 꿈마저 이렇게 허무하게 무너져야 한단 말인가.

지게를 지고 풋나무를 하려고 산에 오른다. 작대기로 장단을 맞추며 콧노래를 부른다. "고향이 그리워도 못 가는 신세" 6·25 전란으로 이 산골까지 피란민들의 행렬이 넘쳐갔다. 그 시절에 유행하던 '꿈에 본 내 고향'을 흥얼거린다. 내가 그리는 고향은 현실의 고향이 아니다. 꿈속의 고향을 찾는 것이다.

저 멀리 내려다보이는 하양 들녘, 대구로 내달리는 기차를 보면서 얼마나 하염없이 눈물을 지우곤 했던가. 오전에 해 온 풋나무는 그날의 땔감이지만 오후의 풋나무는 마당 한구석에 차곡차곡 쌓아 올린다. 나도 할 수 있다는 성취욕이랄까. 재미가 쏠쏠했다. 그 어색하던 지게가 온갖 고통을 숨긴 채 정인처럼 등에 와닿는다.

춥고 배고팠던 어린 시절, 하늘밖에 볼 수 없는 우물 안 초동樵童이지만 나에게도 청운의 꿈이 없었던 것은 아니다. 해가 뜨면 진흙과 씨름하고 해가 지기를 기다려 참봉 할아버지 사랑방 호롱불 아래에서 한문을 배우기도 하면서 언젠가 수려한 연꽃이 필 꿈을 키우기도 했다.

그즈음 초등학교 3년간을 담임한 선생님으로부터 기별이 왔다. 나를 끔찍이 아껴주셨던 분이다. 고향 대창면사무소 사환으로 일해 보라는 것이다. 그때의 사정이 찬밥 더운밥 가릴 처지가 아니었다. 가난에 찌든 농촌에서 자란 우물 안 개구리가 새로운 세상으로 변신하는 기회이기도 했으니까.

우리 마을에서 면사무소로 출근하려면 내 처음이자 마지막 모교인 대창초등학교 앞을 지나야 한다. 아침이면 등교하는 많은 학생과 마주칠 수밖에 없다. 개중에는 나를 보기만 하면 무슨 광대라도 만난 듯 '고쯔가이'라고 소리치면서 놀려대었다. '고쯔가이'는 소사小使라는 뜻의 일본말이다. 원래 사정使丁이라 하여 지난날 관청에서 잔심부름하던 아랫사람을 일컫는 말이었단다.

그것이 이처럼 놀림감이 될 줄은 미처 생각지 못했다. 울컥 화가 치밀어 그놈들을 혼내주고도 싶었지만 창피했다. 그렇게 부끄러울 수가 없었다. 쥐구멍에라도 숨고 싶은 심정이었다.

젊은 시절 건달들의 강요로 그들의 사타구니 사이로 기어나간 중국 한나라 장수 한신의 고사라도 알았다면, 그의 비굴한 행동이 쓸데없이 부딪쳐봐야 자신이 득볼 것이 없다는 것을 알고 한 것이 아니었겠는가고 자위라도 했을 텐데. 어린 가슴에 대못을 박은 그 상처를 황혼에 접어든 지금도 잊을 수가 없다. 생각하면 면구스럽기만 하다.

서러움을 달래며 언젠가 나도 출세하여 떳떳하게 너희들을 상대하리라. 굳게 이를 악물었을 뿐이다.

궂은일, 힘든 일을 도와주시던 마음씨 좋은 청부아저씨가 고마웠다. 잔심부름뿐만 아니라 마을 이장들에게 보낼 공문을 만들게 하고, 군청에 올리는 보고서도 작성해 보라며 일을 시키시던 직장의 상사들, 틈내어 공부하라며 배려도 해 주고 격려도 아끼지 않던 그 정들이 그립다.

6·25전쟁의 휴전협정이 무르익어 가던 1953년 그해 오월, 마침 영천군에서 지방공무원령에 의한 지방공무원고시가 있었다. 면서기의 자격시험인 셈이다. 나는 거기에 응시하였고 17세란 최연소의 나이로 합격하는 영광을 안게 되었다.

합격 증서를 받던 날 그길로 읍내 서점으로 달려가 보통고시 강의록을 구입하였다. 독학하는 사람이 출세하기 위하여서는 보통고시, 고등고시, 그 길밖에 없다고 믿었기 때문이다. 네 분수를 알아라, 무모한 짓이라고 보는 주위의 안타까워하는 시선을 의식하지 못한 것은 아니다. 나는 그 길에 매달렸고 뼈를 깎는 노력 끝에 그 꿈을 이루어내었다.

돌아보면 모두가 한 자락 꿈인 것을, 꿈에 나비 되어 노닐던 장자莊子는 내가 나비 꿈을 꾼 것인가 나비가 자신의 꿈을 꾼 것인가 알지 못한다고 했던가. 내 그 심오한 사상이야 알 턱은 없지만

"나는 누구인가." 무위자연無爲自然의 노장老莊 철학을 곁눈질하면서 아직도 꿈속의 미로를 헤매고 있는 것은 아닌지 자문하고 싶을 뿐이다.

청산도 절로절로 녹수도 절로절로
산 절로 수 절로 산수 간에 나도 절로
그중에 절로 난 이 몸이 늙기조차 절로 하리

대학자이신 하서河西 선생의 시 한 수로 허허한 마음을 달래본다.

엽전 열닷 냥

경쾌한 리듬, 화려한 율동의 최신가요는 늙은이인 나에게는 생뚱맞기만 하다. 젊은 사람들의 관심사에도 귀를 기울이고 철없이 사는 것이 늙지 않는 한 가지 비결이라 한다지만, 음악에 문외한이라 노랫소리보다는 노래 가사에 더 흥미를 느낀다.

어쩐지 향수를 자아내는 흘러간 옛 노래 뽕짝, 그것이 좋았다. 장원급제를 꿈꾸며 한양 찾는 선비의 애절한 사연이 담긴 한복남의 '엽전 열닷 냥', 젊은 날 그처럼 나그네 되어 젓가락 장단에 소원을 담아 구성지게 부르던 나의 그 애창곡을 지금도 잊지 못한다.

찬 서리 내리고 집 한쪽 감나무 끝에 까치밥만이 남아 홀로 외로운 때가 입동立冬이라 했던가. 가을걷이를 끝낸 농부들은 한숨을 돌리고 새로 이은 초가지붕은 황혼빛을 받아 더욱 아름답다. 빛깔을 다투던 단풍들도 잎을 떨구고 깊은 겨울잠에 든다.

1956년, 입동도 지나 얼음이 얼고 첫눈이 내릴 즈음 그렇게도 기다리던 제11회 보통고시 필기시험의 합격통지를 받았다. 하잘 것없는 주사급 공무원의 임용자격 고시였지만, 시골의 어른들은 옛날 과거의 소과小科 정도는 된다고 치켜세워 주었다. 독학한 나로서는 출세의 길로 도약할 수 있는 첫 계단이라 믿었기에 남달리 흥분한 것도 사실이다. 퇴근길에 대창면사무소 앞 양조장에서 선배들의 축하 속에 막걸릿잔을 기울이며 쥐구멍에도 볕이 들려나 싶어 가슴이 벅차올랐다. 다가오는 12월 4, 5일 양일간의 구술시험만 무사히 넘기기를 빌었다.

옛글에 "이른바 좋은 시기는 얻기 어렵고 이를 이루려면 많은 풍파를 겪어야 한다."라고 했었지. 얄궂은 운명이었다.

다음 날부터 심한 고열과 두통으로 몸져눕게 되었다. 처음에는 몸살감기려니 생각했다. 구술시험 날짜는 보름도 채 남지 않았다. 태어나서부터 병원이라고는 가 본 일도 없고 병원이나 약국이 있는 읍내까지는 삼십 리 길을 도보로 가야 한다. 겨우 한약을 지어 먹기는 했지만 열 때문에 환몽 속을 헤매는 신세로 전락

했다. 마을에서는 그때 유행하던 장질부사라고 지레짐작하고 웅성거렸다. 장질부사라면 생명에 위협을 느끼던 시절이었다.

시험 날이 가까워 오자 안절부절못하고 애만 탔다. 되지도 않은 넋두리 편지를 두 번이나 당국에 띄웠지만 감감무소식이었다. 주위에서는 건강이 제일이라며 다음을 기약하라고도 했지만 귀에 들어올 리 없었다. 어떻게 얻은 기회인데, 근무시간에도 상사의 눈치를 살피며 틈 내어 책을 읽고 밤늦은 시간 호롱불 아래에서 책과 씨름하는 일이야 직장을 가진 독학도가 겪어야 할 어쩔 수 없는 일이라 치자. 수험준비를 위하여 한 달간의 휴가를 얻은 것이 전부였던 내 하잘것없는 실력으로 그것도 한 번을 실패한 재수생이 잡은 이 행운의 기회를 그렇게 쉽게 단념할 수는 없었다.

내일모레가 시험일이다. 천 리 길 한양을 늦어도 오늘 출발하지 않으면 모든 것이 끝장이다. 정신을 가누지 못하면서도 죽어도 서울 가서 죽겠다고 발버둥 쳤다. 궁한 사람은 운명도 기박하다더니 신은 왜 나에게 이리 가혹하기만 한가. 인생은 이렇게 덧없는 것인가. 하루아침에 이슬과 같이 사라질, 그야말로 초로인생草露人生인가. 참으로 허무한 것이 인생이구나. 이것이 나에게 주어진 운명이란 말인가. 끝없이 방황하는 심정을 가눌 길이 없었다. 책 속에 길이 있다고 한 옛 사람의 말이 떠올랐다. 시험공부는 팽개친 채 헤세의 『인생의 의의』란 책을 들고, '나는 누구인가?' 인간의 절박한 의문을 찾으려고 애도 써 보았다. 이대로 모든 것을 단념해야 하는가 생각하니 처지가 서글퍼졌다.

새날이 밝았다. 오늘이 시험 첫날이다. 어쩐지 몸이 한결 좋아진 것 같다. 이대로 좌절할 수는 없다. 죽어도 서울을 가야겠다고 용기를 내었다. 집안 어른들은 장질부사는 재발하면 위험하다며 극구 만류했다. 간절한 소망이야 어떻게 다를 수 있겠는가마는, 생명보다 더 중요한 것은 없다는 것이다. 그때 아버지는 할아버지 이야기를 하며 용기를 주셨다.

아버지는 여러 남매의 막내아들이어서, 할아버지는 내가 태어나기도 전에 돌아가셨다. 할아버지는 옛날 과거를 보신다고 적년의 준비를 하셨단다. 할아버지의 삼촌 되시는 증조할아버지도 전부터 과거에 응시해 오던 터라 조카인 할아버지에게 "나는 이번이 마지막이다. 숙질이 함께 가려면 적잖은 비용이 소요되니 젊은 너는 다음 기회에 응시해라." 하셔서 포기할 수밖에 없었다고 한다. 불행스럽게도 갑오경장으로 과거 제도가 폐지되고 말았다. 할아버지는 한 번도 과거를 볼 수 없었고, 그 한恨으로 평생 속앓이를 한 이야기를 자식들에게 들려주었다는 것이다. 우여곡절 끝에 내가 서울을 갈 수 있었던 것이 어쩌면 하늘에 계신 할아버지가 살펴 주셨는지도 모를 일이란 생각이 든다.

서울을 가려면 삼십 리를 걸어 나가 금호에서 대구행 버스를 타야 한다. 막상 결심은 했지만 마음뿐 그 먼 길을 걸어갈 기력이 못 되었다. 어쩔 수 없이 소달구지를 이용하기로 했다. 대설을 앞둔 계절이라 바람이 몹시 찼다. 군용담요를 몸에 두르고 덜컹거리는 달구지에 허약해진 몸을 실었다. 종형이 대구까지 동행해 주었다.

어머니는 가는 길에 꼭 신당에 들러 가라고 당부하였다. 마을의 수호신을 모시는 성황당은 마을 밖 고목들로 우거진 숲속에 있었다. 어릴 때는 왠지 그곳이 으스스하고 무서워서 혼자는 들어가지도 못했다. 나는 처음 그 신당 앞에서 휘청거리는 몸을 가누면서 두 손 모아 합격을 빌었다. 문득 그 시절 유행하던 '엽전 열닷 냥' 노래가 떠올랐다. 보잘것없는 시험이지만 독학하는 나로서는 그것도 과거에 비유하면서 말이다.

청노새가 아닌 달구지에 몸을 실은 서글픈 한양길이지만 감회가 어찌 없었겠는가. 덜커덩거리는 달구지 소리를 장단 삼아 "대장군 잘 있거라, 다시 보마. 고향산천 과거 보러 한양 천 리 떠나가는 나그네에…."를 흥얼거리며 시름을 달래주던 고향 마을을 뒤돌아보았다. 가을걷이를 마치고 새로 이은 초가지붕들은 황금처럼 유난히 빛이 났다. 차가운 날씨임에도 고향은 내 마음을 한결 따뜻하게 녹여 주었다. 정화수 떠 놓고 아들의 소원을 천 번,

만 번 빌어주던 어머니, 눈물 맺힌 주름진 그 얼굴은 지금도 가슴을 메이게 한다.

금호에 도착해서 먼저 의원에 들렀다. 의사는 주사를 놓으면서 이제 음식만 조심하면 괜찮다고 격려해 주었다. 그때 버스정류장에서 기다리던 종형이 버스가 왔다고 외쳤다. 일각이 삼추와 같은 심정이나 주사를 맞고 있는 터라 다음 버스로 가기로 했다. 그때만 해도 대구행 버스는 한 시간여 만에 한 대 정도 다녔다.

우리가 탄 버스가 하양 물띠미를 통과할 즈음이었다. 앞서갔던 버스가 포항행 버스와 충돌하여 많은 사상자가 발생한 것 같았다. 지금도 사고 난 버스의 후사경에 머리꼬리 같은 것이 매달려 있었고 산기슭에 누워있는 사람들이 보였던 것으로 기억된다. 앞서 저 차를 탔으면 어떻게 되었을까. 아찔했다. 천만다행이다. 행운의 여신은 나를 외면하지 않았구나. 철없는 심정에 그 사고를 안타깝게 생각할 겨를도 없었다.

서울에 도착한 것은 다음 날 아침이었다. 예정시각보다 2시간이나 늦었다. 열차가 연착하는 일이 자주 있을 때라 일찍 출발한 것이 그나마 다행이었다. 갓 체신청에 취직을 한 삼종형이 마중나와 주었다. 서울이 초행인 촌닭에게는 구세주와 같았다. "어제도 시험장에 가 보았는데 너만 못 와서 안타까웠다."라며 서둘러나를 데리고 시험장으로 가 주었다.

시험장소인 경운동의 공무원교육원으로 갔다. 직원 한 사람이 어제 시험을 마쳤다며 오늘은 시험이 없다는 것이다. 하늘이 무너지는 듯 가슴이 철렁 내려앉았다. 그럴 일이 없다. 무엇인가 잘못되었을 것이다. 분명 첫째 날은 국사, 둘째 날은 법제대의였고, 시험장소도 같은 곳으로 통지받지 않았던가. 착잡한 심정으로 중앙청에 있는 국무원 사무국 고시과로 달려갔다.

직원은 친절했다. 몸이 아프다며 편지를 보낸 수험생이냐면서 오늘 시험장소가 바뀌었는데 상사들과 의논해 보겠다며 기다리라고 했다. 천 길 낭떠러지에서 겨우 실오라기를 잡은 심정을 어떻게 표현할 수 있겠는가. 지금 같았으면 응시날짜에 결시했으면 그만이지 병을 핑계로 구제되었겠는가. 오기는 했지만 응시의 기회가 주어질지 반신반의했었다.

죽어도 몸을 던져 부딪쳐 보고자 한 것이다. 운명의 순간이다. 오전에 다른 수험생과 같이 법제대의를 응시하고, 오후에 고시위원 두 분을 모셔와서 응시할 수 있는 기회를 주기로 결정되었다는 것이다. 그때의 그 직원은 나에게는 천사처럼 보였다. 당국의 배려로 나를 포함한 필기시험 합격자 43명인가 전원이 구술시험에도 통과하는 영광을 안게 되었다.

처음 온 서울이라 촌놈의 눈에는 모든 것이 신기하기만 했다.

기쁜 소식을 하루라도 빨리 고향으로 가져가야지 한눈을 팔 여유가 없었다. 어사화를 머리에 꽂고 금의환향하는 과거 길에 비할 바는 아니지만, 온갖 시련을 겪고 우여곡절 끝에 합격증서를 받지 않았는가. 그런 사연이 있는 나로서는 자못 의기양양한 귀향길이었다. 청노새 안장 위에 실어주던 엽전 열닷 냥과는 도저히 비교할 수 없는 가족의 고생과 정성을 위하여 합격증서 이 한 장이라도 내밀어야지.

한껏 부푼 기분으로 돌아왔지만 집 안이 너무도 조용했다. 아니 숙연했다. 집 앞에서 무슨 잿불인가를 모으시던 어머니는

"한양 천 리 먼 길을 간 사람은 이렇게 돌아오기도 하건마는…."

하고는 말을 잇지 못하고 눈물을 지으셨다.

이순耳順을 바라보는 부모님이 농촌 일손이라도 더 얻어야 한다는 권유에 못 이겨 나는 조혼을 했었다. 갓 시집와서 시부모를 모신 처지라 함부로 반갑게 남편을 마중할 수 없는 풍습이었다. 하지만 원행을 한 남편이 돌아왔는데, 하다못해 부엌 앞에서 무명 옷자락 매만지며 생긋 웃어주기라도 할 아내는 왜 보이지 않는 걸까? 태어난 지 몇 개월이 지나 벌써 왈패처럼 온 방을 기어 다니던 욱이는….

차마 이런 일이 기다리리라고는 꿈에도 생각지 못했다. 병석에

서 세상의 고민을 혼자 다 짊어진 것같이 몸부림을 칠 때도 그 녀석은 아비라고 코를 씩씩거리며 좋아라 달라붙기도 하고 온 방을 기어 다니곤 했었다.

사실 너무 젊은 나이에 첫딸을 얻었다. 좀 쑥스러워서 별로 가까이하지도 않았다. 할머니와 할아버지가 첫딸은 살림 밑천이라며 손녀를 남달리 거두셨다. 고시를 앞두고 상경 길을 포기해야할 즈음이었다. 방에서 기어 다니던 욱이가 어느 순간 내가 보고 있던 『인생의 의의』란 책에다 잉크를 엎질렀다. 시험공부나 하지 무슨 철학인가 하고 신이 주는 경고였던가. 서울 못 가는 것에 그만 울화통이 터져 이성을 잃은 채 그 어린것을 때리고, 해서는 안 될 막말도 마구 쏟아부었다. 내가 서울 갈 때만 해도 그 녀석은 아무런 이상이 없었다. 그런데 불과 며칠 사이에 그만 이 세상의 아이가 아니었다.

내가 한 짓이 너무도 후회스러웠다. 악담의 결과인가. 내가 죄인이다. 헐벗은 나목들은 바람결에 울고 푸른 별빛마저 차갑기만 했다. 강남으로 떠난 제비는 봄바람 따라 다시 오련만, 처마 끝에 매달린 제비 둥지는 외롭기만 하였다. 아무리 먼 영겁의 길이라도 철 따라 연못가 느티나무에 해마다 찾아오는 학이라도 되려무나. 한동안 출근하는 자전거의 앞바퀴를 잡고 생시처럼 환하게 웃던 그런 꿈에 시달린 적이 여러 차례 있었다. 나는 지금도 그 꿈을 지울 수가 없다. 아옹다옹 흘러간 영욕의 세월이 얼마 인가.

쥐 찬 소리개들아 배부르다 자랑 마라.
청강 여윈 학이 주리다 부를쏘냐.
내 몸이 한가하랴마는 살 못 진들 어쩌리.

옛 시조 한 수를 읊조리며 지난날을 돌아본다. 얻었다 하여 기 뻐할 것이 무엇이며, 잃었다 하여 슬퍼할 것이 무엇이더냐. 형설 螢雪의 노력을 기울이던 그때가 아련하기만 하다. 어느덧 서녁하 늘에 노을이 지는 것을….

송충이

        송충이는 솔잎을 먹고 살라고 했던가. 송충이가 솔잎을 먹지 않아서 겪었던 지난일을 떠올리면 지금도 자책이 된다.

        수임한 송무도 적지 않았고 그 일 처리에 여념에 없을 때였다. 그런 처지에서 귀신에게 홀린 듯 격에도 어울리지 않는 그 험악한 정치판에 겁 없이 덜컥 뛰어들게 되었다. 10여 년간 나름대로 콧물을 흘리면서 온몸에 땀을 흠뻑 적셨건만 돌아온 건 뭇사람들의 따가운 눈초리뿐이었다. 이제나저제나 그들의 몽둥이질은 변함이 없었다. 원래 정치와는 담 쌓고 지내온 터에 전문성마저 부족한 송충이가 갈잎이 부드럽다고 먹다 죽은 꼴과 무엇이 다르단 말인가. 솔잎이나 먹고 살 일이지 왜 그런 만용을 부린 것일까.

나는 언제나 제대로 배우지 못한 한을 가슴속에 품고 살아온 터이다. 후회는 아니지만 이런 열등의식에서 탈피하려는 의욕 때문에 겁 없는 짓을 한 것이 아니었던가 생각해 보곤 한다.

도연명의 귀거래사를 흉내 내면서 낙향한 지도 어언 강산이 한번 변했다. 때때로 고향산천을 찾아 어릴 때 뛰어놀던 들판을 거닐다 노랗게 익어가는 벼 이삭을 어루만지며 훈훈하던 그 옛날의 농촌 인심에 취하기도 하고, 들국화 그윽한 향취에 그리운 부모님의 끈끈한 체취를 맡으며 추억에 젖기도 한다. 헐벗은 산은 울창한 산림으로 변했건만 마을의 가옥과 주민들은 줄기만 해서 골목에서 귀엽게 뛰어놀던 아이들을 만나기가 어려우니 어쩐지 쓸쓸하기만 하다. 그래도, 이제 몇 남지 않은 어릴 때 동무를 모처럼 만나 소주잔을 기울이며 횡설수설 욕지거리 섞어가며 지난날 이야기로 꽃을 피우니 이 아니 즐거운가.

어느 날 우연히 목욕탕에서 지방 신문사 기자 한 분을 만났다. 그가 의원을 그만둔 소감이 어떠냐고 물었다. 거짓말쟁이, 도둑놈 소리 안 들어 좋고, 지역주민들 찾아 굽실거릴 일 없어 좋고, 그놈의 의사당에서의 공중부양이다 최루탄 가스에 눈물 흘리지 않고 아귀다툼 안 해도 되니 얼마나 다행스러운 일인가 했다. 그런데 그 기자의 질문은, 사람들이 의원님을 대하는 태도에 변화를 느끼지 못했느냐는 것이다.

원숭이는 나무에서 떨어져도 원숭이이지만, 국회의원은 떨어지면 사람도 아니라고 하는 우화가 있지 않던가. 이렇게 보면 요즈음 한창 말썽스러운 전관예우는 여기에 해당되지 않는 것 같기도 하다. 하기야 노령의 전직 국회의원에게 주는 보조금 때문에 국민으로부터 심한 규탄을 받았고, 덕분에 앞으로는 주지 않기로 입법화되었단다. 하는 행실들이 미운 짓만 골라 하니 자업자득인 셈이다.

전관예우는커녕 깍듯이 수인사하던 사람이 비실비실 피한다고 이를 탓하기에 앞서 자신의 지난 행적을 되새겨보아야 하지 않을까. 그 정도의 일에 자존심 상할 것이 아니라 허허 웃고 지나가야 마음이 편할 성싶다. 나는 떨어진 원숭이가 아니라 제 스스로 내려온 사람이라 자위하지만, 이제 솔잎마저 찾아 먹기 어려운 나이이고 보니 그것이 서러울 뿐이다. 명예란 아침이슬처럼 사라지는 것, 지금 알몸으로 목욕탕에 들어앉은 당신이나 나나 무엇이 다른가. 여기에 명예가, 부자가, 서민이 따로 있는 것이 아니지 않은가. 활기 넘치는 젊은 당신, 황혼을 바라보는 늙은이 그 외에 다를 것이 무엇이냐.

한번은 이런 일도 있었다. 집 근처 어느 스포츠센터에서의 일이다. 나이 탓에 다른 운동은 제대로 못 하고 둘레 100미터 정도의 실내 조깅트랙을 걷고 있었다. 걷다 보면 나는 완행인지라 급행으로 걷는 많은 사람과 자주 스친다. 날이 거듭되자 자연스럽게 눈인사를 나누고 "안녕하십니까." 하며 수인사도 주고받기 마련이다.

그런데 어느 한 젊은이는 여러 날 고속으로 스치면서도 무심하게 지나친다. 그의 굳은 표정으로 보아 말을 걸기가 주저되었다. 마음속으로 참 까다로운 젊은이로구나 하는 거리감만 있었다.

그러던 어느 날이었다. 그 젊은이가 쉬고 있는 나에게 다가오면서 "의원님, 몰라뵈어서 죄송합니다." 하고 인사를 하는 게 아닌가. 남들이 3선 의원을 한 사람이라 수군대기에 정치하는 놈들 하는 꼴이 싫어서 일부러 모른 척했다는 것이다. 늦게야 그런 사람이 아니라는 것을 알게 되어 이제 사과드린다며 머리를 조아린다. 그 뒤부터 그 젊은이는 깍듯이 노인 대우를 해온다. 누구에게 무슨 이야기를 들었는지 내 굳이 알 바 아니다. 나로서야 젊은이들과 이런저런 대화를 나눌 수 있는 것만도 그저 행복하기만 하다.

예부터 '사람이면 사람인가. 사람다워야 사람이지ㅅㅅㅅㅅ.'라는 명언이 전해오고 있지 않은가. 사람 노릇 하기가 어디 쉬운 일인가. "왜 그리 못난 자존심으로 용서하지 못하고 이해하지 못하고 비판하고 미워했는지. 사랑하며 살아도 너무 짧은 시간, 베풀어 주고 또 줘도 남는 것들인데 웬 욕심으로 무거운 짐만 지고 가는 고달픈 나그네 신세" 월전에 저 하늘나라로 훨훨 떠나간 친구가 석란정 카페에서 보내온 글이 새삼스럽게 가슴을 친다. 그래, 우리는 다 길 떠나는 나그네 아니던가. 저녁노을도 지려 하는데 왜 그 알량한 자존심과 욕심을 툴툴 털어버리지 못했을까.

황혼의 향기도 가꾸는 사람마다 다르게 피어난다고 했다. 이 송충이 같은 인생도 노자의 무위자연을 노래하며 자연의 순리에 따라 붉은 황혼의 향기를 짙게 피우고 싶다.

빈처

고운 빛깔로 물든 단풍을 바라보며 떨어진 낙엽을 밟는다. 불꽃처럼 이글거리는 만산홍엽은 아름답기 비할 데 없건만 저녁노을에 비친 요양병원은 만추의 적막감만 더할 뿐이다. 서러운 가슴을 달랠 길이 없다. 삭막한 이 계절이 지나면 병상 신세를 지고 있는 가련한 그도 화사한 봄꽃을 안고 정겨운 새들과 함께 내 품에 돌아오려나. 상념에 젖어 아득한 하늘만 우러러본다.

신록이 우거지고 꽃향기 그윽한 오월 초순이었다. 사모관대를 한 초립동이 초례청醮禮廳에 들어섰다. 그곳이 곧 신붓집 안마당이었다. 환갑 전에 며느리를 얻어야겠다는 부모님의 성화를 이기지 못하고 철없는 나이에 그저 인생살이에서 누구나 거쳐야 하는 하나의 과정쯤으로 생각하고 그 명에 따랐다.

그래도 호기심은 있었다. 어떻게 생긴 신부일까, 선을 보고 오신 어머님의 말씀처럼 듬직한 맏며느릿감일까. 얼굴도 잘생겼으면 좋을 텐데…. 보잘것없는 내 처지는 생각하지 않고 상상의 나래를 펼쳐본다. 시중드는 수모手母의 부축을 받으며 원삼족두리를 한 신부는 팔을 높이 올려 한삼으로 얼굴을 가리고 있었다. 그렇게 초례를 마치니 내 상상의 나래만 계속 이어졌다.

첫날밤 야물상이 들어오고 족두리를 한 신부가 고개를 숙인 채 나타났다. 그것이 우리의 첫 만남이었다. 얼굴 한 번 본 일 없고, 말 한마디 건넨 일 없지만 평생을 함께할 반려자이다. 하느님은 이렇게 우리에게 숙명의 인연을 맺어준 것이다. 서양의 어느 학자는, 결혼의 성공은 적당한 짝을 찾는 데 있는 것이 아니라 적당한 짝이 되는 데 있다 하지 않았던가.

그때 나는 영천군에서 시행한 지방공무원고시에 합격은 했지만 아직 성년이 못 되어 면사무소 임시직원으로 일하고 있었다. 방학 때면 교복에 교모를 쓰고 고향에 온 친구들이 그렇게도 부러울 수가 없었다. 주경야독을 해서라도 그들에게 뒤지고 싶지 않았다. 독학의 길은 고시考試뿐이었다.

요행스럽게도 한 번의 실패 끝에 보통고시에 합격했다. 그 여세를 몰아 고등고시에 온몸을 던졌다. 그래서 직장도 그만두었다.

농번기인 모내기철이었다. 보리타작을 마치고 마당의 멍석에 보리를 널어놓은 채 온 가족이 모심기를 하러 나갔다. 아내는 이미 부엌데기요, 머슴에 갈음하는 일꾼이었다. 그날 갑자기 소나기가 퍼부어 멍석에 널어놓은 보리가 빗물에 흘러내리고 있었다. 나는 방구석에서 책과 씨름하면서 소나기가 오는 것은 알았지만 미처 마당에서 벌어지는 일은 까맣게 잊고 있었다. 급히 집에 돌아온 아내가 그 꼴을 보고 어떠했겠는가. 만만찮은 뒷수습을 하면서도 불평하거나 누구를 원망하지는 않았다.

그놈의 고시가 그렇게 쉬운 일이던가. 밑천이 짧은 놈이 뱁새가 황새 흉내를 내고 있는 꼴이니 욕심대로 되지 않았다. 다시 취직이라도 해서 시험은 계속 보기로 하였다. 마침 마을 출신의 아는 분이 중앙부처에 근무하셔서 그분을 만나 의논해 보기로 했다.

쪼들리는 농촌 살림에 여비를 마련하기가 쉽지 않았다. 이집 저집 돈 꾸러 다니는 시어머니, 방구석에 처박혀 한숨만 내쉬는 무능한 남편, 아내는 그 이른 새벽 아침이슬을 함초롬히 맞으면서 이십 리 시골길 친정을 찾아 여비를 마련해 왔다. 시집에서 채 때도 묻기 전에 돈 얻으러 간 심정이 어떠했겠는가. 아내는 방구석에서 몰래 눈물을 줄줄 흘리고 있었다. 무심한 남편은 회한의

눈물을 닦아줄 생각도, 위로의 말 한마디도 할 줄 몰랐으니 그것
이 더욱 서러웠으리라.

문득 현진건의 소설 「빈처」가 아련히 떠오른다. 주인공인 남
편은 가난한 문인으로 오직 거기에 매달려 있는데, 아내는 궁핍
한 살림살이에도 남편의 일을 온갖 정성으로 도와준다. 그는 아
내에게 "아, 아, 나에게 위안을 주고 원조를 주는 천사여!"라고 부
르짖으면서 아내를 따뜻이 안아주며 눈물을 흘렸다고 하지 않는
가. 생각하면 철없는 시절의 일이지만, 마음으로라도 따뜻하게
해 주지 못한 것이 지금도 후회스럽다.

어느 법조 출신 정치인의 아내는 "판사 시절에는 들어오는 돈
은 없어도 사람은 일찍 들어오고, 변호사를 하고 나서는 돈은 좀
들어오는데 사람 보기가 어렵더니, 국회의원이 되고부터는 돈도,
사람도 보기 어렵더라."라고 푸념했다던가.

조혼한 탓으로 일찍 4남매를 키우면서 유치원도 한 놈 보내지
못하고 과외 한 번 제대로 시키지 못했다. 요행스럽게도 그놈들
이 남들에게 별로 뒤지지 않고 잘 자라주었다. 쪼들리는 살림에
자식들 뒷바라지하면서 골몰하는 것 내 모르는 바 아니다. 그래
서 변호사를 개업해야겠다면 아내의 불평은 죽은 듯이 쑥 들어
가버린다. 어떻게 얻은 자리인데 쉽게 던질 수 있느냐. 하기야 변
호사 개업한다고 해서 지금보다 형편이 좋아진다고 누가 보장

할 수 있겠는가. 한숨만 내쉬는 그의 심정을 이해 못 하는 바 아니었다.

참는 데도 한계가 있는 법, 자식놈들이 대학을 가면서부터 아내도 변호사 개업의 모험을 더 만류하지는 않았다. 다행스럽게도 개업을 해서 그 지긋지긋한 은행 대출금을 갚을 수 있었다. 자취하던 아이들의 보금자리로 서울에 조그만 아파트도 마련해 주었다. 아내도 나 몰래 용돈을 모아 저축도 좀 하는 듯 보였다. 그제야 찌푸린 얼굴이 펴지는 듯하였다. 아마도 새장에 갇힌 새가 해방되어 훨훨 창공을 날아오르는 그런 기분이었으리라.

그것도 일장춘몽이던가, 무슨 귀신에게 홀린 듯 정치에 바람이 났다. 아내는 밥까지 못 해준다고 그렇게도 간곡하게 만류했건만 마이동풍으로 흘려버린 것을 지금 후회한들 무엇 하겠는가.

아내는 원래 남의 앞에 나서기를 싫어하는 성품이었다. 그런 위인이 정치인의 동반자로서 지역구에 돌아다니면서 주민들에게 고개 숙여 인사하는 것은 해낼 수 있었다고 했다.

한번은 젊은이가 악수한다면서 짓궂게 힘주어 손을 잡아 흔들어 손이 아파 죽겠다며 불평하기도 했다. 많은 사람 앞에서 인사말을 하라거나 당원 단합모임 같은 데서 음치인 그에게 노래하라고 조르면 기겁을 하였다. 스스로 격에 어울리지 않는다며 제발 다음 선거에는 그만두라고 하소연도 했다. 하기야 말 못 할 스트레스가 왜 없었겠는가.

병상에 쓰러진 당신은 지금 무엇을 하고 있는가. 그동안 가슴 깊이 담아둔 원망도 좋다. 잔소리인들 어떠하랴. 모든 것이 나 때문에 받은 스트레스가 원인이라 해도 괜찮다. 아, 왜 이렇게 넋을 잃은 채 허공만 응시하고 대답이 없는가. 당신은 이제 혹여 모든 걸 초월하여 꿈속에 무릉도원이라도 헤매고 있는가. 애처롭고 속이 쓰린다.

다산茶山은 살아있어도 살아있는 것이 아닌 유생무생有生無生을 경계했었다. 어디 사람답게 산다는 것이 쉬운 일이던가. 평소 울타리 노릇은 했다고 자부하건만, 병든 아내를 따뜻한 사랑으로 보듬어 주지 못하니 그것이 한스러울 뿐이다.

오늘 저 봄꽃보다도 아름다운 단풍도 내일이면 영원히 못 볼지도 모르는 것이 우리 인생인 것을. 태어난 것은 죽음이 있고生者必滅, 만난 것은 헤어짐이 있다會者定離고 하지 않던가. 장자莊子는 죽은 아내의 시신 앞에서 생生과 사死가 다르지 않다며 쟁반을 두들기고 노래를 불렀다지만, 속인인 나로서는 인생무상을 한탄하지 않을 수 없구나. 그래도 길거리에 버려진 꽃잎보다는 책갈피에 고이 간직해지는 맑은 단풍잎이 되었으면 하는 욕심을 버리지 못하겠다.

남자는 사랑하는 마음만 가슴에 담고 있으면 그만이라고들 한다. 하지만 여자들은 한사코 가슴속에 담아둔 그 사랑을 꺼내어 보여주기를 원한다고 했다. 회혼回婚이 다가오는 이 날까지 알량한 남자의 체면만 앞세워 왜 그리 마음의 문을 닫아걸고 사랑이 담긴 따뜻한 말 한마디 못 해 주었을까.

내 생애 처음으로 당신에게 마음의 문을 열리라.

여보! 사랑하오.

호식가 好食家

참 좋은 세상이다. 하루가 멀다고 방영되는 맛 자랑이다, 보양식이다 하는 것을 보면서 침을 삼킨 적이 한두 번이 아니다.

미식가나 식도락가들이 하는 동호회 모임도 있다. 어떤 모임에서는 맛을 찾아 전국을 헤매기도 하고, 심지어 별미 음식을 찾아 해외여행도 하면서 삶의 즐거움을 누린다고 한다. 그런가 하면 60년대 보릿고개 시절 대학을 다닌 동기들의 어느 식도락 모임에서는 밥 먹기도 어려웠던 그 시절을 떠올리며 두 달에 한 번씩 모여 보육원이나 경로당을 찾아 기부한 다음 싸고 맛있는 음식점을 찾아 이웃에 나눔을 주면서 즐거운 삶을 실천하는 갸륵한

모임도 있다고 들었다.

연전, 재학 시절 각본과 연출을 한 작품이 아시안 국제단편영화제에서 '오늘의 얼굴상'까지 받았다는 어느 준재俊才의 젊은 작가가 생활고로 차가운 전기장판 위에서 숨진 것을 이웃 사람이 발견하였다고 하는 기사가 보도되었던 적이 있다. 그가 "며칠째 아무것도 못 먹어서 남는 밥이랑 김치가 있으면 저희 집 문 좀 두들겨 주세요."라는 쪽지를 이웃집 현관문에 남겼다는 보도 내용을 읽고 애석한 생각이 들었다. 밥걱정 없이 사는 이 좋은 세상에서 아직 굶주림에 허덕이는 이웃이 어찌 없다 할 수 있겠는가.

일제 말엽 엄마를 따라 콩깻묵을 배급받아 온 것이 기억난다. 가을에 수확한 벼는 공출로 뺏기고 춘궁기에 배급 준다는 것이 콩기름 짜고 남은 찌꺼기 뭉치였다. 지금은 거름이나 사료로 사용하는 것이 아닌가. 우리 마을에서는 그것을 산나물과 버무려 끼니를 때우곤 했다. 이웃의 황 서방네는 산나물에 못 먹을 독초가 섞였던지 그것을 먹고 얼굴이 퉁퉁 부어 고생하는 비극도 있었다.

생각하기도 싫은 보릿고개, 마을 어느 노인네는 언제 보리가 익는지 목마르게 기다리며 보리밭에 갔다가 허기로 쓰러진 것이 뒤늦게 발견되어 온 마을에 소동이 일어나기도 했다.

그동안 우리들 식단에서 괄시받던 보리밥이 건강식으로 새삼 인기가 있는 것 같다. 무더운 여름 들일을 하고 출출한 점심때 시커먼 쇳물이 묻은 식은 꽁보리밥을 갓 길어온 찬 우물물에 뚝뚝 뭉개어 된장에 풋고추를 찍어 먹던 그 상긋한 맛, 미식이 따로 있고 식도락이 달리 없다.

삼복 때였다. 나는 점심때 보리죽 한 사발을 뚝딱 하고 목화밭을 매러 나섰다. 그때 윗마을 인동 할매가 손짓을 했다. 할머니는 수북하게 담은 하얀 쌀밥 한 그릇에 김이 모락모락 나는 달콤한 닭백숙을 내놓으신다. 아니 이것이 웬 떡인가. 얼마 만에 먹어보는 것인가. 이미 끼니를 채웠건만 십 대 중반의 철없는 혈기로 그마저 사정없이 먹어치웠다. 풍선처럼 불러온 배를 안고 땀을 뻘뻘 흘리며 목화밭에 가기는 했는데 엎드릴 수가 없었다. 일은 못 하고 밭고랑에 녹아떨어졌다. 배고픈 서러움은 여러 번 경험했지만 포식하여 고통을 당해 본 것은 처음인지라 역시 과유불급過猶不及, 지나침은 미치지 못함만 같지 못한 것을 내 몸소 체험한 꼴이다. 지금도 그때를 생각하면 창피하기보다는 웃음이 절로 난다. 그 할머니는 사람이 좋으면 남산 호랑이도 친할 수 있다고 하시며 항상 후덕한 어머니를 칭찬하시고 우리에게도 남다른 사랑을 주셨다. 그날 내가 받은 사랑도 결코 우연이 아니리라. 고마우신 할머니, 자식들의 끼니 걱정으로 젊음을 보내신 어머니의 주름진 얼굴을 새삼 떠올려 본다.

사람이 즐겁게 산다는 것이 얼마나 보람찬 일인가. 맛있는 별미를 즐기는 식도락도 행복한 일이다. 이제 살기 위하여 끼니를 이어가던 그런 시절은 늙은이들의 먼 추억일 뿐이다. 미식이라 하여 꼭 값비싼 음식은 아닐 것이며, 사람의 기호에 따라 다른 것인즉 형편에 맞추어 즐기는 식도락을 누구인들 마다하랴.

나는 호식가이다. 별로 음식을 가려 먹지 않는 편이다. 집에서도 반찬 투정 않고 해 주는 대로 잘 먹는 터여서 아내로부터 이것 하나만은 칭찬을 받은 셈이다. 덕분에 체중이 불어 젊을 때 대구 재야법조계에서 배불뚝이 5복腹의 한 사람으로 놀림감이 되기도 했다.

철학자 소크라테스도 제자들에게 지나치게 먹고 마시는 것은 육체와 정신에 큰 해가 되니 절대로 포식하지 말고 조금 모자라는 듯할 때 식탁을 떠나라며 식도락을 경계했다 하지 않는가. 약간 모자라게 먹으면 의사가 필요 없고 배부르게 먹으면 당해낼 의사가 없다고들 하지만 그것이 그리 쉬운 일은 아니다.

어쩌다 여행이라도 갈라치면 떠나기 전에 목적지에 좋은 먹을거리가 무엇인지, 이름 있는 음식점이 어디인지를 챙기는 동료가 있다. 나는 그를 식도락가라고 농을 하지만, 막상 음식 앞에서는 언제나 내가 먼저 후다닥 먹어 치운다. 덕분에 식도락의 문턱을 기웃거리는 셈이다.

병원을 이웃집 나들이하듯 하는 처지에 의사로부터 체중을 줄여야 한다는 주의를 받은 것이 한두 번이 아니지만, 운동하는 흉내를 내면서도 소식하기가 쉽지 않다. 혀 끝에 와닿는 달콤한 맛, 코를 간질이는 구수한 향기, 침이 마르는 그것을 앞에 두고 유통기간이 한참 지난 폐물 신세에 이제 새삼 몸 챙긴다고 수저를 일찍 던져 버리기가 어디 쉬운 일이던가.

아직도 나는 호식가인지라 미식가나 식도락가를 부러워하지 않는다. 시장이 반찬이라고 옛날 하잘것없는 그 어설픈 먹을거리도 배불리 먹으면 즐겁고 그 순간 행복했다. 이것도 식도락이라 하면 어불성설일까.

그 옛날 꽁보리밥에다 된장에 풋고추 찍어먹던 그 기막힌 맛을 지금도 잊을 수가 없다.

나비 잃은 호접란

미니 호접란 한 분이 내 거실로 시집온 것은 지난 추석 전이었다. 홀로 지내는 처지에 꽃을 좋아하니 곁에 두고 말동무라도 하라며 지인이 보내준 것이다.

세상을 아름답게 살려면 꽃처럼 살면 되고 세상을 편안하게 살려면 바람처럼 살면 된다고 했던가. 꽃은 자신을 자랑하지도, 남을 미워하지도 않고, 바람은 그물에 걸리지 않고 험한 산도 아무 생각 없이 오른다는 말이 있다. 아마도 꽃처럼 살라고 보내준 것이리라. 이제 낙엽 지는 가을이 왔건만 아직도 가녀린 꽃대 위에 핀 연분홍 꽃잎, 진홍색 꽃술은 마치 나비가 앉은 듯 이름 그대로 호접란이로구나.

누군들 꽃을 좋아하지 않는 이가 있으랴. 이 세상 가장 아름다운 것은 꽃과 어린이의 웃음 그리고 어머니의 사랑이란 말도 있지 않은가. 퇴계 선생이 매화에 대한 수많은 시를 남겼고 세상을 떠나면서까지 가까이 두고 키운 매화에 물을 주라고 한 것은 꽃을 사랑한 마음에서이리라.

어린 시절, 방문만 열면 풀내음과 꽃향기가 달려오는 산골에서 자란 초동이었던 나는 산에 들에 핀 뭇 꽃들을 그저 때 되어 피고 지는 흔한 들꽃으로 생각했을 뿐 눈여겨보거나 거기서 감동을 느끼지 못했다. 오히려 꽃이 지고 나면 열매가 달려 고픈 배를 채워주는 과실을 더 그리워했다. 집 안 뜰에 떨어진 감꽃을 주워 먹고 앞산에 핀 진달래꽃을 따 먹어 입술이 시퍼렇게 물들었던 것이 꽃에 대한 추억일 뿐이다.

늘그막에 낙향하여 베란다에 분재 몇 개와 서너 포기의 화초를 가꾸며 꽃이 피고 열매가 달리면 그 정취에 취한다. 그러다 보니 애정을 느끼게 되고 정성을 주면서 그때부터 나도 남다르게 꽃을 좋아하게 되었나 보다.

시인 김춘수는 「꽃」이란 시 중에서 "내가 그의 이름을 불러주기 전에는 / 그는 다만 하나의 몸짓에 지나지 않았다. / 내가 그의 이름을 불러주었을 때 / 그는 나에게로 와서 꽃이 되었다."라고 했었지. 그랬다. 나도 거기에 애정을 쏟을수록 꽃은 더욱 아름답게 다가왔다.

이른 아침 눈을 뜨면 거실의 호접란부터 찾는다.

"굿 모닝."

"할배 오늘 아침 기분 좋은가 봐."

"그래, 네가 이렇게 이쁘게 맞아주니까."

물티슈로 잎을 닦아주면서

"너는 이름 그대로 예쁜 나비들이 바람같이 날아와 꽃을 피웠으니 참 아름답구나. 행복하지."

"할배 혼자 사셔서 외로우신가 봐."

이렇게 무언의 대화를 주고받는다.

사람이 늙으면 외로워지고 우울해진다고 한다. 지난날을 생각하며 회한에 젖기도 하고, 어머님의 정을 못 잊어 눈시울이 뜨거워지기도 한다. 벌써 훌쩍 저 멀리 하늘나라로 떠난 친구가 열 손가락으로 세어야 될 판이다. 인생에 가장 젊은 때는 바로 지금이라는데, 흘러간 옛 노래를 흥얼거리며 새로운 인생을 찾아봐야겠다. 아직은 나는 너를 살짝 흔드는 귀여운 바람이고 싶다. 할배라 부르지 마라. 어여쁜 여인의 치맛자락을 들추는 산들바람으로 저무는 인생 멋지게 살고 싶어 하는 오빠라 불러다오.

일체유심조一切唯心造라 하지 않는가. 내가 현실에 만족할 수 있는 것은 오직 내 마음가짐에 달렸거늘 누굴 원망하며 그리워하랴. 삶이란 한 조각의 구름이 일어남이요, 죽음이란 한 조각의 구름이 사라짐이라 하였으니 어차피 오래지 않아 다시 흙으로 돌아가는 인생인 것을……. 그래 이렇게 아침 일찍 너와 마주 앉아 하고픈 이야기 나누면서 정담을 주고받는 것이 행복이지 않은가.

문득 당나라 시인 유종원柳宗元의 '강설江雪'이란 시가 생각난다.

> 산이란 산에는 새 한 마리 날지 않고千山鳥飛絶
> 길마다 사람 자취 끊어졌는데萬徑人踪滅
> 외로운 배에 삿갓 쓴 늙은이孤舟蓑笠翁
> 홀로 추운 강상에서 낚싯대 드리우고 있네獨釣寒江雪

인적 없는 한적한 곳 눈 내리는 추운 날씨에 초라한 행색의 노인이기는 하지만, 필시 눈을 낚은 신선놀음을 표현한 시이리라. 저 강에서 홀로 낚시질하는 시 속의 노인이 고독하기만 할까. 고독이란 외부환경보다는 스스로가 갖는 감정 탓이라 하지 않는가. 지인들에게 둘러싸여 있어도 느낄 수 있고, 심지어 사랑하는 사람과 함께할 때도 고독에 젖게 된다고 한다.

프랑스의 시인 보들레르는 사람에게 외로운 것이 해롭기는커녕 혼자 있는 것이 행복이라고 했다. 그런가 하면 파스칼도 자신의 방에 혼자 있을 때 행복이 찾아온다고 하지 않았는가.

  탐화봉접이라는데, 내 욕심 때문에 거실에 가두어 두었으니 너를 찾아올 많은 나비를 만나지 못해 너도 외로우냐. 외롭다고 다 불행한 것은 결코 아니다. 너를 끔찍이 사랑하는 이 할배가 있지 않느냐. 내 장자莊子의 호접몽에서와 같이 꿈에 나비 되어 너를 살포시 안아주리라.

쓸개 빠진 놈

계절이 또다시 바뀌고 있다. 숨을 헉헉거리게 하던 날이 엊그제 같더니 하마 창밖에 한 잎 두 잎 낙엽이 진다. 나이를 먹고 보니 하루하루, 한 달 두 달이 그렇게 소중할 수가 없다.

꽃 피는 봄이면 꽃길을 걸으며 향기에 취해 미소를 머금고, 신록의 여름이면 가슴을 열고 심호흡을 하리라. 가을에 낙엽 지면 흘러간 옛 노래를 흥얼거리고, 나목이 바람에 시달리는 겨울이면 움츠려 새봄의 꿈을 꾸어야 할까. 가을 초입에 들어 떨어지는 나뭇잎이 늙은이의 심금을 울리는구나.

학처럼 훨훨 날아 하늘나라로 올라가면 천당에 계실 아버님 뵈옵고 아빠 손 잡고 뒤뜰의 감나무에 달린 달콤한 홍시 따 달라고 어리광을 부리고, 엄마 하늘나라로 떠나시던 보름밤, 내일 경로당 점심 당번이라며 쌀 좀 가져다주라는 마지막 당부의 말씀, 꼭 지켜 드렸다고 보고도 해야지. 한데 어찌 이리 몸이 말을 듣지 않는가. 먼저 간 아내에게도 손잡고 서운했노라 하소연이라도 해야 할 텐데, 몸부림만 칠 뿐 하늘로 날기는커녕 천당이 어디인지 알 수가 없다. 그렇게 허우적대기만 하다가 눈을 떴다. 주위를 둘러보니 K 대학병원의 병상에 누운 채 링거 줄을 주렁주렁 꽂고 있다.

어찌 된 일인가. 희미하게 기억이 떠오른다. 어제 아침 배달 온 신문을 주우러 현관문을 열고 나갔다가 정신을 잃고 쓰러졌다. 의식이 몽롱하고 몸을 움직이려 해도 말을 듣지 않는다. 먼저 119에 전화를 걸어 구조를 요청해야겠는데, 전화기가 침실에 있는 터라 거기로 가려고 현관에서 온 힘을 다하여 굼벵이처럼 몸을 뒹굴며 몸부림을 쳐 보았다. 아무리 벌버둥을 해봐도 오줌만 싼 채 허우적대기만 할 뿐 침실은 천 리 길이었다.

사람에게는 명운이 있는가 보다. 나는 그날 대학병원에 진료를 예약해 둔 터였다. 평소 내 차를 운전해 주고 집안일도 도와주는 고마운 고향 후배가 있다. 보통 때는 아침 식후에 오는데 그날은 병원에 가려고 일찍 왔나 보다. 덕분에 그가 구급차를 불러 병원에 입원하게 되었고, K 대학 교수로 있는 둘째 자식에게도 연락해서 병원에 오게 했다는 것이다.

　다음 날 정신이 들고 보니, 복부에 고무호스를 넣어 피 주머니를 달고 주삿줄이 줄줄이 매어져 있었다. 담낭에 염증이 심해서 응급처치를 하기는 했는데, 쓸개를 제거하는 수술을 해야 한다는 것이 아닌가. 수술 자체는 어려운 일이 아니나, 전신마취를 해야 하는데 늙고 기력이 없어 위험하다며 원기회복이 된 뒤에나 가능하다고 했다.

　다산茶山 선생은 장미가 좋아서 꺾었더니 가시가 있고, 세상이 좋아서 태어났더니 죽음이 있다고 했던가. 어차피 이 늙은이야 길 떠난 나그네인 것을, 노을 진 황혼길 저 인생의 언덕만 넘으면 그만일 텐데 그 무엇이 두려워 미련을 버리지 못하는가. 어차피 홀로 된 인생인 것을……. 여자는 혼자 살면 만고강산이요, 남자는 혼자 살면 적막강산이라는 유머가 있다는데, 이 홀아비 적막강산에도 아직 아쉬움이 남아 있는 모양이다. 병원에 온 이상 의사 선생님 말에 따를 수밖에 없다. 병원에 누운 처지라 담당 의사와의 대화는 자식들의 차지다.

　의식이 회복되고 식사를 할 수 있을 때까지 2주일 정도 병원에 있다가 이른 퇴원을 했다. 집에 와서 피 주머니를 달고 지내다 보니 살맛이 나지 않는다. 차라리 죽더라도 수술만은 해야겠다고 굳게 다짐했다. 일주일 후 다시 병원에 가면서는 만약의 경우를 대비하여 간단한 유서를 작성하여 주머니에 넣고 갔다. 의사는 또 수술을 미룬다. 노령이라 전신마취가 위험하다며 망설이고 있음을 자식들에게 들었다. 나는 당장 죽어도 좋으니 떼를 써서 자식들의 동의를 받아내어 수술을 무사히 마칠 수 있었다.

이제 쓸개 빠진 놈의 신세가 되었다. 정신을 바로 차리지 못하고 줏대 없는 사람을 '쓸개 빠진 놈'이라 얕잡아 보는데, 내가 바로 그 꼴이 되고 말았다.

내 맹자孟子의 군자삼락君子三樂을 모르는 바 아니다. 하늘을 우러러 부끄럼이 없고, 사람을 굽어보아도 부끄러움이 없어야 할 터인데, 온갖 경쟁과 투쟁이 활개 치는 이 험악한 세상에 과연 그렇게 살아온 것일까. 되돌아보니 부끄러운 마음뿐이다. 이제 와서 후회한들 무슨 소용이 있으랴.

계절이 끝나는 시절에 매미의 울음소리가 처량하게 들린다. 앞날이 얼마 남지 않은 노인의 웃음소리는 그마저 슬프다고 했던가. 허나, 나이를 먹는 것만으로 늙는 것이 아니다. 노인에게도 새로운 미래가 있다. 즐거운 보람을 찾아보아야지. 그래, 노인이라도 지금 이 순간이 가장 젊은 때라 하지 않았던가. 이 쓸개 빠진 놈! 정신 좀 차리자꾸나.

중국 고사 하나가 생각난다. 어린 제자가 스승이 주는 몇 개의 귤을 먹지 않고 어머니를 봉양하려고 몰래 품에 숨겼다가 하직

때 그만 귤이 흘렀다고 한다. 훗날 노계蘆溪 박인로朴仁老 선생은 "반중 조홍감이 고와도 보이나다. 유자 아니라도 품음직도 하다마는 품어 가 반길 이 없으니 그를 설워하노라"라는 절창을 남겼다. 내 이것마저 잊은 채 천당에 가서 아버님에게 홍시를 차려 올리지는 못할망정, 홍시를 얻어먹으려고 했으니 이 불효자식 역시 쓸개 빠진 놈이구나.

지나친 욕심일까. 그래도 인생의 마지막 언덕을 넘기 전까지, 그 늙은이 괜찮은 사람이었다는 칭찬을 바라는 마음은 아직도 버리지 못하겠다.

한 권의 책

유난히도 무더웠던 금년 여름, 눈을 감고도 잠을 이루기가 어려웠다. 어느덧 가을의 전령사인 코스모스가 한들한들 흥겹게 춤을 춘다. 그 극성스럽던 매미도 제 갈 때가 되었다고 슬프게 울고 있다.

따뜻한 햇살, 농촌의 풋풋한 가을 향기, 그 운치가 어찌 즐겁지 아니하랴. 그러나 희미한 호롱불 아래에서 수험 준비를 한다며 책과 씨름하던 젊은 시절에는 그런 향취를 생각지도 못하였다.

어릴 때 쇠죽을 끓이라기에 부엌 아궁이에 불을 때면서도 책을 놓지 않는다고 어머니로부터 꾸지람을 맞기도 했다. 남의 자식들은 학교를 보내는데 그렇지 못한 어머니의 아픈 가슴을 내 모르는 바 아니나, 배움에 굶주린 초동樵童의 슬픈 사연을 차마 잊을 수가 없다.

학교에서 가르친 선생만이 어찌 스승이겠는가. 나의 정신에 좋은 영향을 주고 나의 인격에 깊은 감화를 끼친 분, 옛날의 성현이며 성철과 거장 문호가 우리 모두의 스승이요 선생이라 하지 않던가.

영국의 극작가 존 플레처는 "가장 좋은 벗인 책이 있는 곳이라면 어디든 내게는 영광스러운 궁전인 것을, 나는 그곳에서 옛 현인들과 철학자들과 대화한다. 그리고 때로는 변화를 위해 왕이나 황제들과 이야기하면서 그들의 조언을 가늠해 본다." 하였거늘.

나에게 있어 유일한 스승이었던 초등학교 선생님이 그립고 함께 웃고 울어줄 벗이 아쉽기만 했다. 하물며 읍내에서 삼십 리나 떨어진 산촌에서, 그것도 6·25 전란 통에 지식의 보고寶庫라는 책을 접하기란 그림의 떡이었다.

문득 그 시절이 생각난다. 집안 참봉 할배 댁 사랑채에서 한문을 배울 때였다. 낮에는 들일을 하고 이른 아침과 저녁에 서당에 나간다. 친구들과 어울려 각자 배운 한문을 목청껏 소리 내어 읽던 일이 지금도 눈에 선하다. 명심보감明心寶鑑은 어떻게 구했는지 기억이 없다. 그때는 남이 읽었던 것을 빌려서 공부할 때이니까.

통감通鑑(중국 고대역사서)을 배울 때도 책이 없어서 서당에 있는 책을 한지에다 하루 배울 만큼 또박또박 붓글씨로 옮겨 가면서 읽어 1권을 떼었다. 힘은 들었지만 가슴 그득한 기쁨을 잊지 않고 있다.

옛날 중국 송나라의 진종 황제는 책 속에 천 석의 곡식이 들어 있고, 황금으로 지은 집과 수레와 말과 아름다운 여자가 모두 다 들어있다며 백성들에게 글 읽기를 권장했다던가. 우리의 선인들도 3일 동안 글을 읽지 않으면 입안에 가시가 돋는다고 했다. 순자荀子는 가난하되 뜻이 피곤하지 아니하고 근심이 있되 신경이 쇠약해지지 아니한다고 하여 독서의 효과를 높이 평가하였다.

나는 수불석권手不釋卷, 곧 책을 손에서 놓지 않는 애독자도 못되고 벗 삼아 책을 읽을 마음의 여유도 없었다. 오직 편하게 먹고 살기 위한 방편으로, 아니 입신양명을 위한 욕심이라 해도 좋다. 고학하는 처지에서 고시가 내 삶의 유일한 길이라 믿고 매달려 있던 터라 그에 필요한 수험 서적마저 절실하였다.

보통고시에 합격하고 칠곡군청에 근무하던 때의 일이다. 경북도에서 시행하는 공무원교양고시에 군청 대표로 출전하게 되었다. 요행스럽게도 장원을 하는 영예를 얻게 되었고, 그 부상으로 국어대사전 한 권을 상품으로 받게 되어 자랑거리가 생긴 셈이었다.

마침 4·19혁명 직후라 공무원 중 병역의무를 마치지 못한 사람은 그때 모두 쫓겨나게 되었다. 부끄럽게도 나도 그중의 한 사람이었다. 쓸쓸히 고향으로 돌아온 나로서는 이제 군에 입대할 때까지 고등고시에 응시할 수 있는 기회는 단 한 번밖에 없었으니 백척간두에 선 심정이었다. 마음을 굳게 다짐하며 우선 수험서부터 새로운 것으로 갖추기로 했다.

그때만 해도 공직생활은 박봉이었다. 하숙비와 생활비에 충당하면 여유가 없었다. 설상가상으로 그마저 쫓겨난 처지인지라 책을 구입하기가 궁색하였다.

마침 상으로 받은 국어사전이 떠올랐다. 상 받은 지가 얼마 되지 않아 새 책이었고, 그 가격만은 법률서적 몇 권과 맞먹는 값이다. 상으로 받은 것이라 기념으로 소장하고 싶은 생각이야 왜 없겠는가. 우선 발등의 불이 급했다. 그래 이놈을 들고 대구의 학원 서점을 찾아 법률 서적과 교환해 달라고 했다. 주인은 이리저리 책을 살펴보더니 상賞이라 찍힌 표를 가리키며 누구에게도 팔 수 없다고 거절하는 것이 아닌가. 다급해진 나는 그 책값의 3분의 1도 안 되는, 새로 출간된 '헌법' 책 한 권을 들고 이것과 바꾸어 달라고 매달렸다.

주인은 촌놈의 행색에다 명색이 상으로 받은 것을 가져온 처지에 연민의 정을 느꼈는지 마지못해 승낙해 주었다. 지금도 그 서점만은 잊지 않고 내 품에서 떠나버린 그 상품에 대한 애정이 그립기만 하다.

인생을 비유하여 한 권의 책과 같다는 이야기를 한다. 아무렇게나 책장을 넘기는 사람, 정성 들여 한 장 한 장 넘기는 사람, 한동안 같은 페이지만 펼쳐놓는 사람도 있다 하지 않는가. 과연 나는 어떤 인생을 살아왔으며 어떤 인생을 살며, 또 살 것인지 깊이 고민이라도 했는지 이제 황혼 길에 이르러서도 선뜻 대답하기가 쉽지 않다. 하기야 후회 없는 인생이 어디 쉬운 일이겠는가.

독서를 함에 있어서도 그렇다. 흔히들 논어를 읽으면서 논어를 알지 못한다고 한다. 나 역시 독서다운 독서를 해 왔는지, 책 속에 담긴 깊은 진리와 심오한 철학을 이해하고 독서를 한 것인지 되돌아본다. 솔직히 직업상 필요한 전문서적에 매달렸을 뿐, 그를 핑계 삼아 고전이나 양서를 제대로 접하지 못한 것 같다. 이제와 후회한들 무슨 소용이 있겠는가. 학문이 없는 사람은 사상이 공허하고 사상이 없는 사람은 정신적 과객이라고 했다.

젊은이들이여! 한 권의 책이 자신의 인생을 좌우할 수 있고 그 속에 행복이란 놈이 당신에게 손짓하고 있음을 잊지 말지어다.

2
마지막 당부

어버이는 어버이다워야

　　아홉 살 의붓아들을 일곱 시간 동안 여행 가방에 감금한 계모가 죽어가는 순간까지 엄마를 부르며 애소하는 아들을 끝내 죽게 만들었다는 소식이 전파를 탔다. 비록 친부모가 아니더라도 이것이 사람의 짓인가 싶어 애처롭고 서럽기까지 하다. 하늘나라로 간 아들은 그 부모에게 무엇이라 했을까.

　　최근 5년간 학대로 숨진 아동이 132명이라고 통계는 전하고 있다. 가해자의 77%가 부모이고, 그중 친부모가 73.5%이며 계부모가 3.2%라고 한다.

　　얼마 전 미국의 유명한 여배우가 물에 빠진 4살 아들을 구하기 위해 호수에 몸을 던져 자식을 구하고 자신은 끝내 익사자로 발견된 사건이 나자 온 국민들이 숙연해졌다는 보도가 있었다. 그 사연을 보면서 동방예의지국이라 자랑하는 우리는 지금 무엇을 하고 있는가. 참 애처롭고 아쉽다는 생각을 지울 수가 없다.

공자孔子는 제나라 정치에 대한 경공의 물음에 대하여 '군군신신君君臣臣, 부부자자父父子子'라 하여 임금은 임금답게, 신하는 신하답게, 아비는 아비답게, 자식은 자식답게 각자의 위치에서 주어진 역할을 다한다면 잘된다고 했다. 지금 우리의 혼란한 주위를 살펴보면서 과연 누구나 자신의 위치를 알고 그 역할을 다하라는 공자님의 교훈이 가슴을 메운다. 나는 과연 아비로서 아비답게 살다 왔는가 생각하면 가슴이 아련해진다.

이십 대에 접어든 젊었을 때의 일이다. 초등학교를 겨우 마친 초동의 꿈은 남들처럼 정규교육을 못 받더라도 초근목피의 신세만은 탈피하고 싶었다. 그 길은 오직 고시考試에 합격하는 것밖에 없다고 생각했다. 초등학교 졸업 후 3년 만에 영천시에서 시행한 지방공무원 고시에 합격하였다(자격시험이고 미성년이어서 발령은 못 받았다). 주경야독을 한 덕에 3년 후 제11회 보통고시 필기시험의 합격통지를 받게 되었다. 이제 구술시험이 보름 정도 남기는 했지만, 그때 구술시험은 거의 탈락이 되지 않는 터였다. 쥐구멍에도 볕들 날이 오는가. 가슴이 벅차올랐다.

그런데 이게 웬일인가. 갑자기 감기인 듯 앓아눕게 되었다.

시험 날짜는 고장도 없이 다가오는데 이놈의 병은 어쩐지 차도가 없었다. 어른들은 그때 유행하던 장티푸스가 아닌가 의심하며 걱정을 하였다. 나는 제 정신도 제대로 가누지 못하면서도 서울 가서 죽겠다고 발버둥 쳤다. 궁한 사람은 운명도 기박하다더니 신은 왜 이리 가혹하기만 한가. 내일모레가 시험 날이다. 내 인생은 왜 이 모양인가. 헤세의 『인생의 의의』란 책을 펴들었다. 나는 누구인가. 인생의 절박한 의문을 찾으려는 심산이었다.

아! 오매불망하던 그것을 내려놓아야 한단 말인가. 나에게는 아직 첫돌이 안 된 딸아이가 있었다. 너무 젊어 얻은 아이라 내놓고 자랑도 할 처지가 못 되었다. 그래도 온 방 안을 씩씩거리며 기어다니는 '욱' 아! 결코 밉지는 않았다.

그래도 어쩌다 아비라고 기어오르면 안아주지도 않고 할머니에게 가라고 밀쳐버린다. 부모 앞에서 아비 노릇 하기가 쑥스러웠다. 아비의 마음을 몰라주는 아이는 서럽다 울기도 했다. 하기야 아비다운 자식 사랑을 한 번도 제대로 해 준 일이 없었으니까.

그날도 욱이는 온 방 안을 기어다니다가 그만 내 잉크병을 넘어뜨려 읽고 있던 책을 버려놓았다. 그렇지 않아도 울화통이 터지는데 약이 오른 나는 어린아이의 실수를 참지 못하고 그 어린 것을 때리고, 해서는 안 될 막말까지 쏟아부었다.

새날이 밝았다. 어쩐지 몸은 한결 좋아진 것 같았다. 이대로 좌절할 수는 없었다. 하루 늦기는 했지만 죽어도 서울을 가야겠다고 용기를 내었다. 집안 어른들은 장티푸스는 재발하면 위험하다며 극구 만류하셨다.

그때 아버지는 할아버지가 젊으셨을 때 과거 보신다고 적년의 준비를 하셨는데, 할아버지의 삼촌 되시는 증조할아버지께서도 과거 보러 가시게 되었다고 했다. 그래서 증조할아버지께서 숙질이 함께 한양 가려면 적잖은 비용이 소요되니 젊은 너는 다음에 응시하라고 해서 포기하셨는데, 그 뒤 바로 갑오경장으로 과거 제도가 폐지되는 바람에 뜻을 이루지 못하셨다는, 것이다. 할아버지는 그 한으로 평생 속앓이를 하셨다며 아버지는 나에게 상경할 것을 허락하셨다.

그래서 어른들의 주선으로 담요를 몸에 두른 채 달구지를 타고 고향을 떠나면서 그래도 '엽전 열닷 냥'을 마음으로 노래했었다. 그 일만은 기억력이 희미해진 이 늙은이에게는 아직도 잊혀지지 않는 사연으로 남아있다.

온갖 시련 끝에 합격증서를 받아 쥔 나로서는 자못 의기양양한 귀향길이었다. 청노새 안장 위에 실어주던 엽전 열닷 냥과 같이 가족의 고생과 정성을 위하여 합격증서 이 한 장이라도 내밀어야지. 한껏 부푼 기분으로 돌아왔지만 집 안이 너무도 조용했다. 아니 숙연했다. 집 앞에서 무슨 잿불인가를 모으시던 어머니는,

"한양 천리 먼 길을 간 사람은 돌아오기도 하건마는……."

하고는 말을 잇지 못하고 눈물을 지으셨다. 갓 시집와서 시부모를 모시는 처지라 함부로 반갑게 남편을 마중할 수 없는 풍습이지만, 하다못해 부엌 앞에서 무명 옷자락 매만지며 생긋 웃어 줄 아내는 왜 보이지 않을까. 왈패처럼 온 방을 기어다니던 욱이는…….

차마 이런 일이 있으리라고는 꿈에도 생각지 못했다. 내가 서울 갈 때만 해도 그 녀석은 아무런 이상이 없었다. 그런데 불과 며칠 사이에 이 세상의 아이가 아니었다. 내가 병을 전염시킨 것인가. 서울 가던 전날 아가에게 퍼부은 욕설 탓인가. 그는 아비를 서울 보내주고 그 대가로 하늘나라로 날아간 것인가. 생각할수록 내가 저지른 짓이 가슴 아프고 너무도 후회스럽다. 한동안 출근하는 자전거의 앞바퀴를 잡고 생시같이 아비를 쳐다보며 활짝 핀 꽃처럼 환하게 웃는 꿈에 시달린 적이 한두 번이 아니었다. 그때는 그 꿈에서 도망하려고 애도 많이 썼지만, 이제는 오히려 그 꿈이 한없이 그리워진다. 가만히 헤아려 보니 어느새 욱이도 환갑이 지났겠구나. 나도 머잖아 너를 만나러 갈 것이다. 그때까지라도 철 따라 연못가 느티나무에 찾아오는 학이라도 되어 아비답지 못한 이 아비를 너만은 용서하려무나.

사람답게 산다는 것이 어디 그렇게 쉬운 일이던가. 요즈음 세상에는 통치자나 정치인은 물론 맡겨진 공직자들이 제 역할을 잘못하여 나라를 어지럽게 하고 국민에게 근심만 안겨주며, 믿었던 판사도 이제 못 믿게 되었다며 국민의 원성이 이만저만 아니다.

우리 욱이에게 이 한마디만은 꼭 하고 싶구나.

"욱아! 아비가 판사 할 때나 국회의원 할 때는 지금 같지는 않았노라고 변명한들 믿어주는 사람이 없을 것 같다. 그래도 너만은 믿어 다오. 그래서 요즘 어디 모임에 나가도 입이 꿀 먹은 벙어리가 된다. 다만 사람다운 사람을 자주 칭찬할 수 있는 그런 세상이 하루빨리 오기만을 학수고대하고 있단다."

웃음이 있는 가정

5월은 가정의 달이다. 5일은 어린이날, 8일은 어버이날, 15일은 스승의 날이다.

사람은 누구나 가정의 한 사람으로 태어나 거기서 자라나고 가족과 함께 살다가 인생을 마친다. 가장 가까운 사람 끼리 모여 살고 편히 쉴 곳은 역시 가정밖에 없다. 그래서 가정은 우리의 보금자리요, 행복의 원천이다. 핏줄을 같이한 사람끼리 오순도순 재미있게 살아가는 정경, 이것이야말로 바로 행복의 요람인 것이다.

가정은 부부와 그들 사이에 생긴 자녀로써 이루어지는 공동 생활단체라 생각할 수 있다. 인간은 다른 동물과 달라 생리적으로 긴 기간의 양육과 보호를 필요로 한다. 유아幼兒는 부모의 양육 없이 살 수 없다. 인간은 그들 부모와 선조가 경험한 생존술을 배우면서 살아간다. 가정은 자녀들이 장차 성장하여 사회생활을 하는 데 필요한 태도, 습성, 행위를 부모로부터 본받으며 배우는 중요한 교육의 온상이다. 그래서 속담에 '왕대밭에 왕대 나고 시대밭에 시대 난다'고 하지 않았던가. 가정의 이러한 역할이 없이는 문화라는 것은 존재할 수 없는 것이다.

사회나 국가에도 도덕이 있고 규범이 있고 질서가 있듯이 가정에도 가정의 전통을 발전 계승하며 자손들이 올바른 사회인으로 성정할 수 있도록 하는 규범이 있어야 한다. 그것은 비단 성문화成文化된 가훈家訓 같은 것을 가리키는 것은 아니다. 가정은 그 집에 보이지 않는 가풍家風이 있고, 이것이 오랫동안 쌓여 가정 안에서 보이지 않는 규범이 된다면 실천과는 무관한 액자 속의 가훈보다야 훨씬 의의가 크다. 정신분석학자들은 생후 6개월 내지 26개월 된 유아에게 젖을 먹일 때 어머니가 그 아이를 미워하는 표정을 하면 그 유아는 그것을 알아차리며, 이것이 어린이가 자라는 데 영향을 미친다고 한다. 부모된 사람으로 다시 한 번 옷깃을 여미게 하는 대목이다.

우리는 후손들에게, 올바른 마음가짐과 생활태도로 단란하고 행복한 가정을 이끌어가는 지혜와, 이웃과 함께 세상을 살아가는 데 필요한 바른 처신법을 몸소 실행하여 이것이 모범이 되어야 한다.

무엇보다도 가정은 부부가 중추이다. 부부는 사랑으로 맺어지고 사랑과 존경으로 지탱하는 것이다. 시인 괴테는 "하늘에 별이 있고 땅 위에 꽃이 있고 우리들 가슴속에 사랑이 있는 한 인간은 행복할 수 있다."라고 했다. 사랑은 행복의 원리이다. 사랑은 인간의 가장 위대한 덕德이요, 가장 신비로운 향기요, 가장 찬란한 빛이요, 가장 창조적인 힘이라 하지 않았던가. 사랑하기 때문에 기쁨이 있고 사랑하기 때문에 가슴 벅찬 희망이 있는 것이다. 사랑은 따뜻한 관심과 정성스러운 헌신으로 그 대상에 대하여 강한 책임감으로 내 정력과 노력을 기울여야 한다. 이와 같은 부부애는 가족에 대한 사랑과 이웃사랑, 나라사랑으로 발전한다.

일본의 어느 교수가 21세기에는 동아시아의 시대가 온다고 전망하면서 그 중추가 한국, 일본, 대만이라고 쓴 희망적인 글을 읽은 적이 있다. 이들 국가는 모두 유교문화권이라는 공통점을 가지고 있다. 이들 유교문화의 가장 큰 특징은 가족집단주의에 의한 사회질서에 있다. 가족이 집단을 이루어 생활함으로써 효孝와 충忠의 원리에 의하여 유교적인 집단질서와 문화가 발전·유지되어 왔다. 또 유교문화는 학습국가學習國家여서 교육 수준이 높다는 것이다.

우리나라가 빈약한 자원 국가이면서도 이처럼 세계의 이목을 받게 된 것은 바로 높은 교육의 덕임을 누구도 부정할 수 없을 것이다. 유교문화권은 무엇보다도 윤리적인 행동규범을 예禮에 두기도 하며 인·의·선仁義善 등의 덕목을 거론하기도 한다. 우리는 그래서 어느 민족보다도 조상을 숭배하고 혈육을 사랑하며 자손의 교육에 심혈을 기울여 왔다. 이 모두가 가정이라는 공동체에서 나오는 저력의 소산이라 해도 무방하리라.

우리의 식생활에까지 큰 변혁을 가져왔다고 매스컴에서 법석을 떤 이상구 박사는 즐겁게 웃으면서 살아야 엔돌핀이 많이 생성된다고 했던가.

신라 신문왕 때의 명승 경흥법사憬興法師가 중병으로 앓아누웠을 때의 일이다. 한 여승이 "지금 스님의 병은 근심으로 이루어진 것입니다. 즐겁게 웃으면 될 것입니다."라고 말하고 여승은 열한 가지 우스운 표정을 지으며 춤을 추었다. 경흥은 그 광경을 보고 턱이 떨어질 듯 웃었다. 그래서 그 병이 부지 중에 깨끗이 나았다는 일화가 있다.

우리의 선조는 일찍부터 웃음이야말로 병든 정신까지 고쳐준다고 믿고 있었다. 그래서 소문만복래笑門萬福來라 하지 않는가.

가정의 달을 맞이하여 가정마다 웃음이 넘쳐 흘러 마침내는 혼미한 정국에, 분쟁의 노사현장에까지 화해와 웃음이 번져갔으면 하는 마음 간절하다. 웃음이 있는 가정에 만복이 찾아올진저.

황혼

아침이면 산책 삼아 집 앞 어린이회관 뒷산을 자주 찾곤 한다.

오늘은 하릴없이 해 질 무렵에 오르게 되었다. 화사한 벚꽃도, 고향 냄새 물씬 풍기던 살구꽃도, 아카시아 향기도 이제 모두 사라지고 오월의 싱싱한 푸른 향취가 온몸을 휘감는다. 벌써 해는 서산으로 숨어들기 시작했다.

희뿌연 도회의 대기 속에서 사라지는 저녁노을은 그리운 고향의 황혼은 아니었다. 꽃이 지고 잎이 지면 이 동산에도 쓸쓸한 적막만 남게 되는 것을, 그래도 자연의 법칙은 다시 올 봄을 기약하건만 인생은 한 번 가면 언제 다시 올 것인가. 아름다운 대자연의 품에 안겨 어찌 이리 망령된 생각만 하는 것인지.

 나이를 더해 가면서 자주 생의 무상감에 젖어들곤 한다. 낙조에 눈길을 주고 있노라니 문득 먼 추억 한 자락이 망막에 맺혀 온다.

 늦모내기 철인 하지도 벌써 지났다. 그렇게 기다려도 비는 오지 않고 저수지는 이미 말라붙었다. 햇볕만 쨍쨍 내리쬐어 농민들의 애간장을 태웠다. 이제 모내기는 단념할 수밖에 없었다.

 아버지는 갈아엎은 새 못 안 논에 대파代播하려고 써레질을 하신다. 나도 아버지와 함께 써레를 탔다. 말라 굳어진 흙덩어리를 고르는데 조그마한 몸무게도 보탬이 되었는지 어린것이 조르니 마지못해 태워주신 것인지는 기억이 나지 않는다. 그저 써레에 타고 울퉁불퉁한 논바닥을 왔다 갔다 하는 그 재미에만 정신이 팔려 온몸이 땀에 젖고 먼지투성이가 되는 것도 몰랐다. 그때 겨우 네댓 살밖에 되지 않은 나로서는 흉년을 걱정하는 부모의 애타는 심정이야 헤아릴 수 없었다. 써레질이 끝나고 아버지가 시키는 대로 새 못 밑 논두렁에 기댄 채 소를 먹였다.

 어느덧 뉘엿뉘엿 해가 지고 있었다. 이른 봄 진달래꽃, 살구꽃이 곱게 피던 그 서산 나뭇가지에 해가 걸려 아름다운 저녁노을을 장식하고 있는 것을 알아차리지 못했다. 고삐를 잡은 채 그만 곤히 잠에 빠지고 말았다.

얼마나 시간이 흘렀을까. 무슨 소리에 눈을 떴을 때는 이미 사방은 껌껌하고 맑은 밤하늘에 별만 총총할 뿐 풀을 뜯던 소는 온데간데없었다. 철렁 겁이 났다. 울음소리도 나오지 않는다. 한참 주위를 두리번거리다 보니 저만치 솔밭 밑에 몇 개의 등불이 보이고 웅성거리는 사람들의 소리가 들려왔다. 분명 내 이름을 부르는 소리였다. 애가 타서 간절히 울부짖는 어머니의 목소리가 틀림없었다. 허겁지겁 달려가 어머니의 치마폭을 잡고 엉엉 울었다.

어머니의 손에 이끌려 집에 왔을 때는 마을 사람들이 다 모인 듯했다. 먼저 집에 오신 아버지는 그래도 내가 소를 먹여 오리라 믿고 계셨단다. 날이 어두워 소는 저 혼자 집을 찾아왔지만 아이는 오지 않았으니 난리가 났었다. 가뭄에 늑대가 설치던 때라 온 동네가 소동이 벌어진 것이다. 마당 한가운데 장작불을 피워놓고 초조하게 기다리던 집안사람들이 그만해도 다행이라며 꿀밤을 주기도 하고 궁둥이를 치기도 했다.

어머니가 보리죽 한 대접을 가져왔다. 그해가 지금도 전해오는 기묘년 흉년이었다. 흉년이 아니라도 그 시절 농촌에서 보리죽이라도 먹는 것을 부러워하는 이웃이 많았다. 나는 많은 사람들이 보는 앞에서 아무 일도 없었다는 듯 그야말로 식은 죽 먹기로 얼른 주린 배를 채웠다. 뒷날 나에게 천자문을 가르쳐주신 집안 할아버지가 "그놈 참 어설픈 놈." 하시던 말씀이 지금도 잊히지 않는다.

그랬다. 나는 참 어설프게 살아왔다. 고희를 벌써 지난 지금도 별로 달라진 것이 없다. 어릴 때 오줌을 가리지 못하여 키를 쓰고 큰집에 소금 얻으러 갔다가 오줌싸개로 놀림 받은 부끄러운 일이나, 투정을 받아주지 않는다고 분풀이로 밥솥에 재를 퍼 넣었다가 혼쭐이 난 일이야 젖비린내가 채 가시지 않을 때의 일이라 덮어두어도 좋으리라.

지금도 잊을 수 없는 아픔은 초등학교를 마치고 진학을 하지 못한 일이다. 아침밥, 저녁죽도 어려운 시절에 자식을 멀리 도회지까지 진학시킨다는 것은 보통 각오가 없이는 못 하는 일이었다.

"농사꾼이 제 이름 석 자 쓸 줄 알면 되었지 형편도 어려운데 학교는 무슨 놈의 학교냐."

마을 정자나무 아래서 자주 듣던 노인들의 이야기다.

나는 세상 물정을 너무 몰랐다. 중학교에 보내 달라고 떼를 쓰지도 않았다. 학교 선생님 몇 분이 고맙게도 학비가 적은 사범학교를 간곡히 추천했지만, 우리 형편에 진학하는 것은 뱁새가 황새 흉내 내는 꼴이라고 스스로 체념해 버렸다. 왜 그랬을까. 억지로라도 떼를 썼더라면 어찌 되었을지 몰랐을 텐데……. 진학하는 동급생들이 부러워 한없이 울기만 했다. 자식이 진학하지 못하는 것을 안타까워하며 눈물을 지우시던 어머니의 모습이 지금도 어제 일처럼 눈에 선하다. 며칠 놀다 오라며 외가에 보내주시던 어머니의 애틋한 자식 사랑이야 어찌 잊을 수가 있겠는가.

나에게는 열두 살 위의 형이 있었다. 그 형이 일제 때 일본에 징용 가면서 돈 벌어 송금할 터이니 동생만은 학교 보내라고 특별히 당부하였다는데, 스물두 살 꽃다운 나이에 채 피어보지도 못하고 만리타국의 고혼이 되고 말았으니…….

덕분에 나는 장남이 되었고, 부모님의 남다른 사랑을 독차지하던 터였다. 어린 마음에도 실의에 빠진 부모님을, 형을 대신해서 잘 모셔야겠다고 다짐하며 어머니 따라 하염없이 눈물을 지우던 기억이 난다.

나이를 먹은 뒤에도 그런 불행한 사태가 없었더라면 하고 자주 상념의 날개를 펼치곤 했다. 적어도 나도 남처럼 교복 입고, 교모 쓰고 방학 때 시골 와서 친구들에게 생스러운 도회지 이야기도 재미있게 들려주면서 폼 좀 잡았을 것이다.

자식을 진학시키지 못하는 어버이의 안타까운 심정이야 오죽했겠는가. 어버이 말씀은 세 번 간해서 듣지 않으면 울면서도 따라야 한다고 배웠다. 어린 마음에 그때는 부모가 한없이 원망스럽기도 했지만, 철이 들면서 그분들의 아픔도 차차 이해하게 되었다.

여린 성격 때문에 젊은 날 남처럼 배우지 못한 열등감에서 혼자 몸부림치며 절치부심 여기까지 온 것이 그래도 그 어설픈 놈의 천성 때문이라고 자위해 본다. 그 원수 놈의 돈, 지겨웠던 가난, 이를 이겨내려고 몸부림치던 그때가 이제는 아련한 한 자락 추억일 뿐이다.

그러구러 변호사 개업해서 진 빚도 갚고, 한때 돈푼이나 모아 보기도 했다. 가난 때문에 나처럼 배우지 못하는 후학들을 위해 좀 도와주기는 일이라도 해야지 생각은 하면서도 막상 실행에 옮기지 못했다. 오히려 존경은커녕 많은 국민으로부터 온통 욕을 얻어먹는 그 잘난 선출직 정치인 한답시고 재산만 탕진한 꼴이 되고 말았으니 두고두고 후회스럽다. 하찮은 명예욕에 눈이 어두워 탕진한 십수 년의 세월, 이것이야말로 어설픈 놈의 짓이 아니고 무엇이겠는가.

나 스스로 도연명陶淵明의 귀거래歸去來를 흉내 내어 낙향한 지 어언 수년이 되었구나. 지난 일은 이미 고칠 수 없는 것을. 전원田園에 돌아가 친척의 정화情話를 즐겨 듣고 책과 거문고를 벗 삼으며 우수를 녹일 재간인들 어찌 그에 비견하리오. "동쪽 언덕에 올라 노래 부르고 청록靑綠에 임하여 시를 짓는다. 얼마 동안 자연의 조화를 따르다가 마침내 돌아가면 되는 것이니 천명을 즐기면 그만이지 무엇을 의심하리오." 그의 귀거래사 한 구절을 마음속으로 뇌어본다. 그를 흠모하는 것마저 그 어설픈 놈의 욕심일까.

꽃은 질 때 그 향기가 더욱 짙다고 했던가. 이제 인생을 마무리
할 때가 서서히 다가오고 있다. 생각하면 살아온 지난날들이 한
자락 꿈만 같다. 온 집 안에 은은한 향기를 풍겨주는 난초처럼 그
런 황혼이라도 되었으면⋯⋯. 이런 소망도 늙은이의 어쭙잖은 욕
심이려나.

황혼녘의 여친

오늘 하늘은 맑고 푸르지만 내일은 아름다운 저 하늘도 영원히 못 볼지도 모른다. 황혼에 붉게 물든 저 서녘 언덕을 넘으면 인생의 길은 그만인 것을. 그래도 나에게 주어진 오늘 하루만은 기쁘게 받아들여 정성을 다하여 즐겁게 보내야지.

흔히들 정다운 친구가 많은 늙은이는 오래 살고, 친구가 없으면 병들고 일찍 죽는다고 하지 않는가. 그래서 이 세상에서 진실한 친구가 한 사람이라도 있는 사람은 가장 행복한 사람이라고 한다.

늙은이들 사이에 이러한 유머가 있다. 홀어미는 만고강산이요 홀아비는 적막강산이란다.

제철이 끝난 매미의 울음소리는 처량하고 앞날이 얼마 안 남은 노인의 웃음소리도 그마저 서글프다고 했다. 하기야 군자라도 노년기는 서러워지고 만년이면 더욱 외로움을 느낀다고 하거늘 80대 중반의 홀아비인 독거노인이야 그 무엇이 다를쏘냐.

문득 옛날 생각이 난다. 어릴 때 시골에서 철없이 어울려 뛰어 놀던 죽마고우들이다. 초등학교 동기생인 친구 세 사람이 십 대 초반에 우정을 다진다고 마을 뒤 사찰 뒷산에 올라 흐르는 샘물을 같이 마시고 서로 어깨를 굳게 잡고 형제의 의를 맺었었다. 이제 그들도 각자 뿔뿔이 헤어져 이미 저 황혼길을 넘어 하늘나라로 떠난 친구도 있고 병들어 움직이지 못하는 친구들도 있다. 그들이 참 보고 싶어진다. 그래도 지난날의 술친구, 이런저런 모임의 친구야 어찌 없겠는가마는, 그들 중 진실한 친구는 과연 몇이나 될까. 물론 옛날 중국 제나라 때 유명한 관중管仲과 포숙아鮑叔 牙의 거창한 우정을 바라는 바는 아니다. 그저 의롭고 진실된 평범한 친구이면 그만이지 않겠는가. 나의 정신에 좋은 영향을 미치고 내 인격에 깊은 감화를 주는 그런 친구이면 더욱 좋겠다. 그런 욕심을 가진 나는 지난날 과연 진실한 친구가 되어주기 위하여 얼마나 노력하며 살아왔는지 생각하며 회한에 잠긴다.

사람은 나이를 먹는 것만으로 늙는 것이 아니라 이상을 잃었을 때 늙는다고 하지 않는가. 이제 세속의 욕망을 버리고 자연을 벗 삼아 살아가려는 이 늙은이는 어떻게 여생을 즐기며 살아갈까. 세상을 꽃처럼 아름답게 살다가 바람처럼 편안하게 가라고 했던가. 자신을 자랑하거나 남을 미워하지도 않는 아름다운 꽃을 나도 사랑한다.

아파트 베란다에 단을 만들어 분재도 진열하고 화초로 화단을 장식한다. 철 따라 피어나는 꽃들의 향기에 취하여 복잡한 세상에서 잠시 훨훨 떠날 때도 있었지. 영국의 어느 극작가는 가장 좋은 벗인 책이 있는 곳이라면 어디든 영광스러운 궁전인 것을, 그곳에서 옛 현인들과 철학자들과 대화한다고 했다.

한때 나도 독서로 소일한 일이 없는 바 아니지만, 이제 기억력마저 희미한 늙은이라 논어를 읽으면서도 논어를 모른다는 옛말과 무엇이 다르겠는가. 그러나 아름다운 꽃도, 소중한 독서도 하나의 사색일 뿐 진실한 친구와는 거리가 멀다.

다행히 나에게는 진실하고 착하고 아름다운 여자 친구 한 사람이 있다. 친구라 하면 동성 간의 친교를 이야기하는 것이지 이성 간의 친교를 친구로 보지 아니하고 남녀 사이의 사랑 놀음쯤으로 보아오고 있다. 그러나 세월이 흘러간 지금은 사람 따라 이성 간의 교제도 친구로 보고 있고 나도 그렇게 믿는 터이다.

그 여친은 고향의 후배로, 오래전부터 고향 친지들의 골프 모임에서 총무를 맡아 일하면서 자주 만나 어울리게 되어 그룹 해

외여행도 같이하고, 심지어 노래방에도 자주 가 여흥도 즐기면서 비록 나이 차이는 있지만 어언 중 허물없는 친구가 되었다. 특히 그도 나처럼 분재를 좋아하고 꽃을 유별나게 사랑하는 취미가 같아서 분재와 꽃 가꾸기까지 의기투합하고 있다.

몇 해 전 허리디스크 수술을 받고, 1년여 후에 다시 담낭제거 수술을 받은 적이 있다. 그때 그 여친은 내가 입원한 병원의 병실에서 침식을 함께하면서 나를 위로하고 보살펴주었다. 그 정을 결코 잊을 수 없다.

이제 체력이 떨어져 지팡이에 의지하여 보행하는 이 늙은이에게 이 여친은 내 운전기사요, 간병사이자, 보좌관이다. 어떻게 보면 같은 집에만 살고 있지 않을 뿐이지 부부같이 보인다는 이웃의 눈길을 모르는 바 아니다. 하기야 연애는 젊음을 되찾는 묘약이라고 하지 않는가. 오히려 이에 이르지 못하는 아쉬움으로 젊음을 더 잃는 것이 아닌가 한스럽기는 하다. 하지만 그가 나에게 진실하고 아름다운 친구임에는 변함이 없는 터이다. 그래서 나는 이웃을 탓할 이유가 없다.

체력을 잃은 늙은이에게 보행이 약이라 하여 매일이다시피 그의 도움을 받으며 함께 걷기운동을 한다. 시민들이 즐겨 찾는 동촌유원지, 신천, 수성못, 고산골 등 유원지를 두루 돌아다니면서 유람객들과 함께 어울려 아름다운 자연을 관람도 하고, 콧노래를 흥얼거리며 기억에 남은 지난날의 이야기도 주고받으면서 걷기운동으로 하루를 즐겁게 보낸다.

아침에 혼자 TV를 시청하노라면 무엇인가 허전하다. 이럴 때 같이 시청하면 공감도 하고, 흥분도 하고, 감정을 나타내기도 하면서 즐겁게 시간을 보낼 수 있지 않은가. 여친이 오늘 아침에도 언제쯤 오려는가 싶어 벨소리가 기다려진다.

그가 아침에 나에게 만들어 주는 커피 한 잔이야말로 입맛에 그렇게 맞을 수가 없다. 그 은은한 향취는 하루를 즐겁게 해 주는 촉매제이다. 그래서 나는 그 커피를 그녀의 이름으로 'OS표 커피'라고 집에 오는 친구들에게 자랑한다. 그 여친이야말로 나를 위하는 진실한 친구요 아름다운 꽃이다.

노년은 또 다른 새로운 삶의 시작이라 하지 않는가. 사람살이에서 지금이 가장 젊을 때라는 말이 있고 보면, 나는 남은 생을 가장 젊게 살고 싶다. 이제 나도 이성의 벽을 허물고, 가는 시간 가는 순서 구애받지 말고 남녀 구분 않고 부담 없는 좋은 친구 만나 산이 부르면 산으로 가고, 바다가 손짓하면 바다로 가고, 하고 싶은 취미 생활 하면서 남은 인생 후회 없이 즐겁게 살다 가리라.

개천의 용은 죽지 않는다

눈이 내린다. 함박눈이 탐스럽게 쏟아진다. 환상적인 설경화 한 폭을 연출하려나 보다.

문득 '달도 희고 눈도 희고 천지도 희고月白雪白天地白, 산 깊고 밤 깊어 나그네 시름도 깊어라山深夜深客愁深'라고 읊은 어느 산사山寺의 스님과 김삿갓의 대구對句 한 수가 떠오른다. 눈길 따라 스키장으로 달려가는 낭만적인 젊은이가 밟는 눈과 건설현장에서 생을 이어가는 노동자가 맞는 눈은 분명 그 느낌이 다른 모습일 것이다.

화려한 경력의 감사원장 후보자가 낙마하면서 "난 일류대학을 못 나와 마이너리그로 살아왔다."라며 울분을 토했다던가. 2군도 좋고 비주류도 좋다. 대학 문전에 가 보기라도 했으면 하고 부러워하는 이도 많을 것이다.

그놈의 학벌이 무엇인지 온갖 희비가 엇갈린다. 잘나가던 한 여성이 학력을 위조하고 높은 자리에서 국록을 먹던 사람과 스캔들을 뿌려 옥고까지 치르는 망신을 당하여 세간에 화제가 된 적이 있었다. 정치인이 선거공보에 허위학력을 기재한 죄로 그렇게도 소망했던 의원직마저 잃은 일이 있기도 했다.

잘 아는 지방의원 중에 학력위조로 법정까지 간 이가 있었다. 그는 지역 유림에서 한학에도 밝고 꽤 유식한 사람으로 알려진 인물이었다. 주위에서는 그의 고졸을 의심하는 사람은 아무도 없었다. 사실은 6·25사변 통에 부산에서 직장 일을 하며 야간에 학교를 좀 다니기는 했지만, 졸업과는 거리가 멀었다. 그가 귀향하여 친구들의 학교 자랑에 어울려 그들에 뒤질세라 떠벌인 것이 고등학교 졸업생으로 둔갑해버렸고, 그도 아무 거리낌 없이 그렇게 행세하게 되었다는 것이다. 지방의원에 출마하면서 그 미망에서 깨어나지 못한 채 솔직하게 고백하지 못한 것을 깊이 후회하고 있었다.

학력을 위조한 그들도 나름대로 말 못 할 사연이 있었을까. 아니면 단지 허영심과 명예욕에 눈이 어두워서였을까. 학벌이 인간 서열의 가늠자가 되어 대우를 하는 우리 현실에서 그들에게만 심한 매질을 하기에는 어딘가 좀 안쓰럽다.

언젠가 젊었을 때 서예를 배운다며 소헌素軒 선생의 서실을 찾았던 적이 있다. 수강생으로 등록을 하는 자리에서, 같이 간 동료 판사가 내 학력란에 대졸이라 기재하는 것이 아닌가. 짐짓 모른 체했다. 얼굴이 화끈거렸다. 이것도 어찌 보면 학력 위조범은 아닐는지…….

군법무관이 되어 5관구 검찰관으로 복무하던 때의 일이다. 오래된 사연이지만 지금도 기억에서 지워지지 않는다. 어떤 법리 문제로 법무참모인 P 중령과 논쟁이 벌어졌다. 부하인 중위로서는 비록 상관의 이론이 틀렸다 하더라도 슬그머니 꼬리를 내렸어야 좋았을 것을, 젊은 혈기에 정면으로 도전한 것이 화근이었다. 자존심이 상한 그는 느닷없이 "초등학교밖에 나오지 못한 놈이 무얼 안다고 우기냐."라며 핀잔을 주었다. 날벼락도 유만부동이지 학력이 무슨 죄인가. 서러움이 복받쳤다. 눈물을 주체할 길 없었다. 그 덕일까, 나중에 그분으로부터 오히려 따뜻한 배려를 받기로 했었다.

직장생활을 할 때 외부 인사들이 때로 어느 학교를 나왔느냐고 물어온다. 아마도 그런 사람은 분명 명문학교 출신일 것이다. 그는 나도 그 정도의 학벌이 아니겠느냐고 지레짐작했으리라. 이럴 땐 참 난처하기 그지없다. 사실대로 말하려니 자존심이 상한다. 학교를 정상적으로 나오지 못했노라고 적당히 얼버무린다. 상대는 인연을 찾아 좀 더 가까워지자고 한 것일 터인데 나의 옹졸한 대답으로 갑자기 대화마저 어색해지곤 한다.

4남매나 키워온 터라 아이들이 학교에서 자주 가정환경조사서를 받아온다. 늘 부모 학력란이 문제다. 그 알량한 자존심 때문에 허위 학력을 기재할까 하는 충동을 느낀 적이 한두 번이 아니었다.

중용中庸에 이르기를 '나면서부터 아는 것生而知之과 배워서 아는 것學而知之과 애써서 아는 것困而知之이 다르기는 하지만 마침내 아는 것에 이르면 마찬가지及其知之一也'라 하지 않던가. 학력 때문에 응시 자격조차 없던 시절 예비고시까지 치르면서 고등고시를 합격한 처지에 학벌을 의식하는 것은 내 못난 열등의식 탓이었을까.

쥐구멍에도 볕들 날이 있다고 했던가. 미천한 학력이 오히려 따뜻한 햇볕이 되어 돌아오기도 했다.

선거 때의 일이다. 상대는 박사학위까지 갖춘 3선 도전의 집권당 후보였다. 그 관록과 경륜을 내세운 상대에 비해 중앙에 학연이 없는 외톨박이 후보였던 나는 아무리 뛰어보아야 뱁새가 황새 흉내 내는 꼴이었다. 지역발전에 도움을 가져올 수 없다고 세찬 바람을 일으키고 있었다. 또 그놈의 학벌 타령이다.

약점에 찔린 나로서도 역풍을 날려야 했다.

"학교만 동창이냐, 고시도 동기가 있고 선후배도 있다. 감사원장은 고시 선배요, 대통령비서실장은 한때 같은 직장에 근무한 후배였다."며 고시를 유일한 방패막이로 삼았다. 다행스럽게도 선거구가 농촌지역이라 가난 때문에 제대로 배우지 못한 한을 저마다 가슴속에 간직하고 있었다. 나는 그들의 한 맺힌 감정에 매달릴 수밖에 없었다.

아버지를 여의고 가정환경이 어려워 학교 문턱에도 못 가 본 미국 17대 대통령 앤드류 존슨은 상대편으로부터 "한 나라를 이끌어 가는 대통령이 초등학교도 나오지 못하다니 말이 되느냐."고 맹렬한 비난을 받았다. 그는 "여러분, 저는 지금까지 예수 그리스도가 초등학교를 다녔다는 말을 들어 본 적이 없습니다."라며 침착하게 대응하여 상황을 역전시켰다. 그런 임기응변의 지혜와 마음의 여유는 없었지만, 내 간절한 호소가 바람을 탄 것일까. 초등학교밖에 나오지 못한 사람이 고등고시까지 합격하고 자수성가한 입지전적 인물이라는 소리가 흘러 다니기도 했다. 과부의 설움은 과부가 안다지 않던가. 덕분에 내리 3선까지 하는 영광을 안게 되었으니, 이따금 그때의 감회에 젖어들곤 한다.

고시야말로 나에게 있어 꿈이요 수호신이었다. 꼭 출세를 위해서만은 아니었다. 그 지긋지긋한 고난에서 도망치는 방법은 오로지 그 길밖에 없었으니까. 그때만 해도 대학 문턱을 가지 못했더라도 기회는 주어졌다. 돈이 없어도, 빽이 없어도 고시의 문은 열려 있었다. 개천에서도 용의 꿈을 키울 수 있다고 믿었다.

수년 후면 사법고시제도가 폐지된다고 한다. 행정고시 폐지론도 심심찮게 흘러나온다. 이제는 로스쿨(법학전문대학원)을 졸업한 사람에게만 법조인 자격시험에 응시할 수 있는 기회가 주어질 뿐이다. 로스쿨을 입학하려면 4년제 이상의 대학에서 학사학위를 받아야 한다. 그 어마어마한 등록금 때문에 '돈 스쿨'이라고 풍자하기도 한다.

요즈음 법조인의 대량생산으로 사법연수원을 졸업한 사람들이 일자리를 잡지 못해 우왕좌왕한다는 안타까운 우려의 목소리도 들린다. 옛날의 그 인기는 멀리 가버린 지 오래다. 그래도 그 길을 향하여 주경야독하며 형설의 꿈을 키워 온 젊은이들이 아직도 없지 않을 텐데 그들은 어디로 가야 할 것인가. 위로할 말이 언뜻 생각나지 않는다.

이제 개천의 용은 죽었다고 개탄하는 소리가 들린다. 한마디로 부자 부모 만나 좋은 학원에서 고액과외를 받은 아이들만이 좋은 대학에 가고 사회적으로 출세한다는 것이다.

그렇다고 어려운 환경을 탓하거나 핑계를 대어서는 아니 되리라. 고통의 대가는 항상 있는 법이다. 그래서 젊어서 고생은 돈을 주고 사서라도 하라지 않는가. 바로 최근에 퇴임한 두 분 대통령은 모두 가난한 집안 출신임을 우리는 알고 있다. 환경이 중요한 것이 아니라 그 환경에서 어떻게 하느냐가 중요하다는 선인들의 충고를 새삼 떠올리게 된다.

지금은 개천에서 용이 나지 않는다고 실망하지 말자. 중요한 것은 자기가 용이 되고 싶고 용이 되기 위하여 어떻게 노력하느냐에 달려 있는 것 아니겠는가.

꿈을 안고 꿈을 심는 개천의 용은 반드시 승천하리라.

마지막 당부

서울 사는 손자놈들이 전화를 해왔다. 오늘이 어버이날이라 전화로 인사를 드린다는 것이다. 손자 사랑은 짝사랑이란 세간의 풍자는 풍자일 뿐, 친구들에게 보란 듯 어깨를 으쓱해 본다. 아무리 아름다운 카네이션인들 이보다 귀여울 수 있을까. 이놈들이 카네이션 드릴 곳마저 잃어버린 이 할아비의 심정이야 어찌 알까마는.

살아생전에 옛날 어느 대감처럼 도포 자락에 좋은 감 숨겨 가져온 효성도 못 해 보았다. 반포反哺의 가르침도 제대로 따르지 못했으니 까마귀에게 부끄럽기까지 하구나. 마침 어머니의 제삿날이라 영전에 향을 사르며 그리움을 달랜다.

한방에서 불을 끄고 아들에게는 글을 쓰게 하고 자신은 떡 썰기를 한 한석봉의 어머니, 자식 교육을 위하여 세 번씩이나 이사한 맹모만이 훌륭한 어머니겠는가. "어머니는 언제나 어머니시다. 어머니는 살아있는 모든 것 중에서 가장 거룩한 존재이다." 영국의 시인이자 철학자인 새뮤얼 클리지의 명언이 새삼 가슴에 와닿는다.

나는 평범한 시골댁 그런 어머니가 좋았다. 거친 손, 주름진 얼굴에도 손자들 재롱에는 함박꽃을 피우시던 어머니, 칠순이 가까운 연세에도 자취하는 아들, 손자 뒷바라지 한다며 자원하여 상경하신 일이며, 삼대三代가 밥상머리에 둘러앉아 서울말 못 알아듣겠다고 불평하시던 일, 그래도 이웃 경상도 아주머니와 잘 사귀었다며 자랑하시던 일, 평생 어머니와 같이 생활하면서도 언제나 바깥에 나돌아다니는 터라 그때처럼 호젓이 모정을 느낄 때도 없었던 것 같다.

어머니는 8남매를 낳았다. 일찍 1남 2녀를 병으로 혹은 재난으로 가슴에 묻었다. 해방이 되기 한 해 전의 일이다. 스물도 채 안 된 팔팔한 나이로 이역만리 일본에 징용을 간 맏아들마저 불귀의 고혼이 되었으니, 그 무슨 변고였던가. 어머니는 그 일로 더 큰 아픔과 한을 품은 채 한평생을 보내셨다. "나는 이미 속이 다 썩어 죽어도 더 썩을 속이 없다."라며 자주 푸념을 하곤 하셨다. 세월이 약이던가, 한 많은 고통은 가슴에 숨긴 채 찢어지는 가난 속에서도 잃은 만큼, 남은 자식들에게 더 정을 쏟으셨다.

산골에서 자란 나는 마을의 여느 아이들과 어울려 공기놀이며 술래잡기며 장치기를 하느라 밤이 늦는 줄 몰랐다. 때로는 싸우기도 하고 큰 애들에게 얻어맞고 분을 못 이겨 울기도 많이 했다. 응원군이 되어 주셔야 할 어머니는 다른 아이들 어머니들과 달리 내 편이 되어 주시지 않았다. "제아무리 무서운 호랑이라도 자신만 잘하면 사귈 수 있다."라고 타이르곤 하시던 때나, 농번기에 쇠죽을 끓이면서도 책을 놓지 않는다고 그놈의 책 좀 치우라고 하실 때도 철없는 어머니가 원망스럽기만 했다.

무더운 여름이었다. 그 시절 농촌에는 온 집 안에 파리 떼가 우글거리고 모기와 빈대란 놈이 극성을 부려 잠을 이루기도 어려웠다. 고시 공부한답시고 방구석에 앉아 책을 보면서 이놈들과 싸워야 하니 머리가 산만하기만 했다. 하는 수 없이 아침부터 이놈들을 먼저 퇴치키로 마음먹었다. 마침 벼에 뿌리고 남은 파라티온이 조금 있었다. 그것은 상당히 위험한 살충제이다. 심지어 그걸 살포하다가 중독으로 사망했다는 풍문이 있기도 했다. 이런 일을 공부하는 자식에게 맡길 수 없다며 어머니는 한사코 당신이 직접 하시겠다고 했다. 나에게는 얼씬도 못 하게 하면서 마을 서당으로 내쫓았다. 설마 별일이야 있겠느냐며 쉽게 생각했다.

덕분에 극성맞은 파리와 모기 떼는 말끔히 소탕되었다. 모처럼 온 가족이 시원한 기분으로 점심을 함께할 때였다. 어머니가 갑자기 어지럽다며 정신을 놓고 쓰러지셨다. 농약 중독임에 틀림없다 싶었다. 온 집안이 난리가 났다. 삼십 리 밖 병원에 갈 시간도, 수단도 없었다. 친척들이 몰려와 쌀을 갈아 억지로 뜨물을 마시게 하는 방법 외에 달리 길이 없었다. 모든 것은 내 탓이었다. 그놈의 고시 공부만 아니었더라도…. 쏟아지는 눈물을 주체하기 힘들었다. 무엇 때문에 고시에 목을 매었던가. 그것이 자식다운 자식의 길이라고 믿었기 때문이 아니던가. 무슨 변고라도 생기면 모든 것은 끝장이다. 허망한 생각이 덮쳤다.

신의 보살핌이었던지 어머니는 겨우겨우 기력을 회복하셨다. 지금 생각해도 아찔한 순간이었다.

어느 해 겨울이었다. 며느리의 특별 배려(?)로 괜찮은 속옷을 받아 입고는 좋아라 하며 고향에 가셨다. 그런데 이웃에 살던 친지에게 그 속옷을 벗어드리고 오셨다. 그 친지가 몹시 추위를 탄다는 이유에서였다. 며느리에게는 "나는 몸에 열이 많아서 그런 옷 필요 없다."라고 변명을 하셨다나.

어느 봄날 불심이 자못 두터운 어머니를 모시고 속리산 법주사로 구경 갈 기회가 있었다. 역시 명산대찰답게 관광객이며 등산객으로 붐볐다. 백화가 만발한 아름다운 산천을 둘러보고, 새들의 지저귀는 노랫소리에 귀를 기울이며 감상에 젖었다.

> 흰 구름 노니는 청산은 미소 짓고
> 청산의 미소 속에 백운은 모여드네.
> 나날이 벗할 이는 청산과 백운이니
> 그 속에 찾는 고요 어디인들 없으리.

　서산대사의 노래라고 적혀 있었다. 깊은 진리야 내 알 바 아니나, 자연은 참 아름답구나 싶었다.

　입구에 높다란 절 안내판이 세워져 있었다. 어머니는 그 앞에서 합장기도를 하신다. 이 어른이 나이 드셔서 어딘지도 구별 못 하시는 것이 아닐까. 남 보기에 조금 민망스러웠다. 여기는 절하는 데가 아니라는 내 말에 "얘야, 어디면 어떠냐. 정성만 지극하면 되지."라고 하셨다. 오직 자식 위한 축원이요, 기도였다. 예배하는 나와 예배받는 부처님이 둘이 아닌 하나이다. 나의 불공은 내가 드리고, 나의 정성도 내가 드리고, 나의 기도도 내가 하고, 나의 축원도 내가 해야 참 불공이라는 옛 어느 스님의 가르침을 새겨 익힌 것인가. 산천이 모두 도량인 것을, 지금 생각하면 속된 나 자신이 오히려 부끄럽기까지 하다.

　어머니는 미수米壽임에도 건강하셨다. 아파트 경로당에 빠지는 날이 없으셨다. 언제나 내 출근에 맞추어 경로당 나들이를 가시곤 했다. 그런 어른이 그날따라 머리가 좀 아프다며 앉아 계셨다. 나는 아내에게 약국에라도 가보라고 일렀다.

어머니가 대학병원 응급실에 입원했다는 연락을 받은 것은 오후 5시경으로 기억된다. 내가 병원에 도착했을 때는 일반 병실에서 산소마스크를 하고 계셨다. 의사는 급성폐렴이라고 했다. 불편하기는 해도 그런대로 말씀도 하시고, 손자놈들이 "할머니는 아버지만 보면 엄살을 부린다."라고 놀린다면 이르기도 하셨다. 정신이 혼미한 중에도, "내일 경로당에 점심을 할 차례인데 쌀을 잊지 말고 가져다줘라." 하고 당부까지 하셨다.

그 어른이 그 밤을 새우지 못하고 새로이 돋을 아침 해를 외면한 채 영생의 길을 떠나셨다. 극락정토로 훨훨 날아가시는 어머니를 놓지 못하고 그 말씀을 눈물로 되새긴다.

사람은 알게 모르게, 직접이든 간접이든 남에게 빚을 지고 사는지도 모른다. 매일 먹는 밥상도 이름 모르는 농부들의 피땀 어린 결정체요, 내가 입고 있는 이 옷도 어느 직수의 정성으로 짜여진 옷감이리라. 나의 보금자리인 이 집인들 많은 일꾼의 땀이 뭉치지 않았으면 이루어질 수 있었겠는가. 대가를 지불했다고 해서 남과 더불어 살아야 할 우리 모두의 빚까지 청산된 것일까.

지금도 자신에게 주어진 책임만은 죽음 앞에서도 챙기시던 어머님의 마지막 당부 말씀이 예사롭지 않게 귓전을 맴돈다.

3
복숭아를 남긴 죄

월부月賦

오래전 서울에서 근무하던 때의 일이다. 광화문에서 덕수궁 돌담길을 따라 대법원 쪽으로 가다 보면 고갯마루 부근에서 사람 좋아 보이는 텁석부리 구걸 영감을 만나게 된다. 이영감은 여느 구걸꾼과는 달리 악착같이 따라다니면서 애걸복걸하거나 억지로 궁색을 떨지는 않았다. 항상 싱긋 웃으면서 모자를 벗어 꾸벅 절을 한 후 두 손을 내미는 것이 고작이었다.

나는 그가 어떤 사정으로 구걸을 해야 하는지에 대해서는 별 관심이 없었다. 그가 성가시게 굴지 않는 것만도 다행으로 생각하고 주머니에 동전이 있으면 집어주었다. 그랬더니 언젠가부터 그곳을 지나게 되면 아는 체하게까지 되었다.

그날도 만원버스에 시달리다가 광화문에서 내려 출근하던 길

3-복숭이를 남긴 죄

이었다. 덕수궁과 미 대사관 일대는 5월의 신록이 무르익어 그 높은 돌담이 없었더라면 마치 공원을 산책하는 기분이었을 것이다. 하지만 높다란 돌담도 그런대로 운치가 있다고 생각하면서 출근길도 잊은 채 고개를 넘고 있었다. 그때 예의 그 턱석부리 영감은 여느 때처럼 아는 체를 하면서 손을 내미는 것이었다. 마침 그날은 동전도 없고 해서 "매일처럼 지나는 사람에게 이러면 어떻게 하나요?" 했더니 그렇다면 월부로 하자면서 한 달 치를 미리 달라고 한다.

월부에는 상당한 이자가 계산되어 있어서 값이 결코 싸지 않다고 들었다. 그러나 목돈을 마련하기가 쉽지 않은 월급쟁이나 근로자에게 있어서는 때로 편리한 경우도 있고 해서 그런대로 지금도 인기를 지녀오고 있는 것으로 안다. 갖가지의 월부가 다 있다고는 하지만 아직 구걸을 월부로 한다는 말은 듣지 못했기에 고소를 금치 못했다.

나는 그 영감이 젊은 날을 어떻게 살았는지 알 길이 없다. 그러나 사회의 그늘에서 젊은 피와 땀을 투자하여 우리로 하여금 오늘과 같이 경제적 발전을 꾀하였음에도 불구하고 아직도 가난에서 벗어나지 못하고 있는 우리의 이웃이 있다면 그들보다 사회적으로 더 많은 혜택을 받고 있는 사람들이 과연 그들에게 아무런 빚이 없다고 단정할 수 있을까? 그때 그 영감에게 월부를 내지 못한 것을 지금도 후회한다. 《매일신문》 매일춘추

3·1절 교훈

　　지난 3·1절 아침의 일이다. 모처럼 온 가족이 텔레비전 앞에 모여 앉아 어느 노 독립투사의 회고담을 경청하고 있었다.

　　그 어른은 불편한 몸을 아들에게 의지하고 독립의 함성이 요원의 불꽃처럼 전국 방방곡곡에 메아리치던 그때의 감격 어린 추억을 회상하고 일경日警의 혹독한 고문으로 손발이 불구가 된 이야기며, 그 뒤 옥고獄苦까지 치른 이야기, 조국이 일제日帝로부터 해방된 지 30여 년이 지난 지금까지도 조국통일祖國統一을 보지 못하는 것을 서운해하는 이야기를 조곤조곤 들려주었다. 그때의 잔인무도한 일제의 만행에 선인先人들이 항거한 독립투쟁을 상기하면서 자못 비분강개悲憤慷慨하고 있는데, 갑자기 막내딸이 "우리 할아버지도 독립 만세를 하셨어요?"라고 묻지 않는가. 그러고는 "할아버지는 그때 만세운동도 하지 않으시고 무엇을 했는지 모르겠다."라며 불평을 터뜨렸다. 나는 할아버지께서 시골에 사셨으니까 3·1 만세의 물결이 두메산골까지 미치지 못했으니 그렇지 독립 만세의 물결이 그곳까지 미쳤다면 가만히 계셨기야 했겠느냐고 변명했다.

"할아버지는 가난한 농촌 사람이었지만 욕심을 내거나 불평하는 일이 없이 그것을 천직으로 알고 근검절약하는 생활을 해 오셨다. 그 어른은 자기의 주장을 지나치게 내세우는 일이 없어 이웃과 다투거나 남으로부터 원망을 사는 일이 없었으며, 마을의 궂은일은 내 일처럼 도맡아 하고 내 한 몸 돌보지 아니하셨다. 이와 같은 겸허한 자세와 희생정신이 곧 3·1정신 아니겠느냐. 그 방법은 다르지만 내 나라 내 이웃 사랑하는 정신이야 독립투사와 비교해서 조금도 부끄러울 것이 없다."라고 대답했다.

막내딸이 이와 같은 나의 설득에 어느 정도 납득했는지는 모르겠다.

먼 훗날 우리의 자식들이 그들의 자식들로부터 우리 할아버지는 무엇을 하셨느냐고 물어온다면 그들은 무엇이라고 대답할까. 생각이 여기에 미치자 적어도 내 자식들이 그들의 자식들에게 할

아버지의 생애에 대하여 궁색한 변명을 하지 않고 떳떳하게 이야
기할 수 있는 욕되지 않은 삶을 살아야겠다고 다짐하지 않을 수
없었다.

(1979. 3. 9. 매일춘추)

단골손님

       몇 차례의 거래가 이루어지고 서로 얼굴을 익히게
되면 이른바 단골관계가 형성된다. 주인 편에서야 고객을 더 늘
리게 되니 반갑고, 손님 편에서도 믿고 안심하고 거래할 수 있으
니 좋다. 더욱이 외상이 통하게 되어 편리하기까지 하다. 그래서
주객이 서로 단골관계가 되기를 바란다.

   그런데 단골도 단골 나름이라 법원에 찾아오는 단골손님은 곱
빼기로 대접하게 되어 있다. 맛있는 음식이라면 좋으련만 그것이
옥살이고 보면 주는 쪽이나 받는 쪽이 거북스럽기는 마찬가지
다. 한 번 실수야 너그럽게 용서해 준다고 하더라도 뉘우침이 없
이 다시 죄를 범한 전과자에게 이와 같은 대접을 가혹하다고만

할 수 없으리라.

그러나 이들도 할 말은 있었다. "판사님, 또 재판을 받게 되어 면목이 없습니다. 소년 때 어쩌다 실수한 죄로 형을 살고 보니 전과자라는 낙인이 찍혀 취직은커녕 누구 한 사람 거들떠보는 이도 없고 살 길은 막연하여 또다시 죄를 짓게 되었고, 그러다 보니 교도소를 큰집 나들이처럼 여섯 번이나 왕래했습니다. 그 후 차차 나이도 들고 하여 과거를 청산하고 취직이라도 하여 착실히 살려고 노력하는데, 이번에는 무슨 단속이다, 범죄사건이 발생하였다 하여 형사들이 전과자라는 이유만으로 찾아와서 다그치니 어디 직장생활이나 마음놓고 할 수 있겠습니까?"라고 하면서 피고인이 다시 죄를 범한 데는 사회에도 책임이 있다며 전과자라도 갱생할 기회를 달라고 호소하는 것이 아닌가.

그의 진술은 어디까지 신빙할 수 있을지 의문이지만, 이것을 단순한 전과자의 넋두리로만 받아넘기기엔 우리에게도 많은 문제점이 있다.

의사는 환자에게 병에 맞는 약을 선택하여 적당한 양을 투약함으로써 약효를 거둘 수 있다. 법원은 범죄라는 사회적 질병을 치료함에 있어 약의 선택에 잘못은 없었던가. 약을 적게 사용하여 약효를 거두지 못하거나 약을 과용함으로써 부작용을 일으킨 일은 없는가. 엄청난 부정을 저지른 고급관리를, 세상을 떠들

썩하게 한 대규모의 범죄자와 비교하면서 빈곤과 무지에서 저지른 범죄자들에 대하여 우리 사회는 어떠한 태도로 그들을 수용해 왔는가. 행형과 범죄의 예방적 측면에서도 다시 한 번 생각하지 않을 수 없다.

나는 반갑지 않은 이 단골손님들에게 어떠한 처방을 내려야 할지 지금도 고민하고 있다.

(1979. 3. 23. 매일춘추)

신종오복新種五福

어느 법조 선배로부터 들은 이야기다. 그분은 작은 체구이기는 하나 아직까지 잔병조차 앓는 일 없이 건강을 유지하고, 사법부의 일원으로 조그마한 힘이나마 사회 정의의 실현을 위하여 노력하고 있다고 생각하면 판사라는 직업에도 긍지를 느끼고 있다고 했다. 자신에 비하여 부인은 늘씬한 미인일 뿐 아니라 가난한 살림을 불평 없이 잘 꾸려나가니 현모양처에 손색이 없고, 아들딸 알맞게 두어 그들도 부모 걱정시키지 않고 공부도 그런대로 잘하고 있으니 대견스러워 이 네 가지 복은 갖춘 셈이나 어떻게 된 셈인지 남처럼 재산을 갖지 못한 터였다.

그래 어느 날 하느님에게 "하느님 저에게도 재복財福을 주십시

오.”라고 호소하였다. 그랬더니 하느님께서 크게 노하시며 “이놈, 욕심이 지나치구나. 그렇다면 재복을 줄 것이니 그대가 기왕에 누리고 있는 네 가지의 복 중 어느 하나를 반납하라.”라고 하더라는 것이다.

가만히 생각하니 자신의 건강과 처자식을 내놓을 수 없는 것은 물론이려니와, 각고刻苦 끝에 얻은 판사의 직도 내어놓을 수 없어 고민 끝에 사죄하고 물러났다는 것이다.

우리는 대체로 어느 정도의 재물을 가지면 부자라 하고 어느 정도 못살면 가난하다고 하는가. 이 세상에는 많은 재물을 가진 재벌들이 있다. 그들 가운데는 그것도 부족하여 밀수다, 탈세다 하여 온갖 부정한 방법으로 재산을 늘리기에 혈안이 된 나머지 종내는 철창 신세를 지고 인구人口에 회자되는 무리들이 허다하지 않은가. 그런가 하면, 극히 어려운 처지에서도 불평 없이 가난을 잘 극복하고 있는 이웃을 우리는 흔히 볼 수 있다. 아무리 황금만능의 세상이지만 재물을 초개같이 알고 “나물 먹고 물 마시고 팔을 베고 누웠으니 대장부 살림살이 이만하면 자족하다.”라고 읊조리며 안빈낙도安貧樂道를 즐기는 선비가 없다고 누가 단언할 수 있겠는가.

참으로 빈부의 차는 외부로부터 주어지는 조건이나 대상보다는 어떤 마음을 가지고 사느냐에 좌우된다고 할 것이다.

누런 안경을 쓴 사람은 만물을 누렇게만 본다고 하지 않는가. 나 스스로는 앞서의 네 가지 복을 받았다고 자만하지만, 내심 잘 사는 사람을 부러워하던 속물이라 나도 하느님을 찾아가는 어리석음을 저질렀으리라.

(1979. 3. 30. 매일춘추)

전쟁과 전투

    사람이 살다 보면 이웃과 싸우는 경우도 있고 본의 아닌 일로 남에게 피해를 끼치는 일도 있기 마련이다. 이러한 경우 서로가 이해와 양보로 해결함이 바람직하기는 하지만 세상 사람 모두가 성인군자가 아닌 바에야 사소한 충돌로도 서로의 감정이 격화될 수 있고 보면, 급기야 고소다 재판이다 하는 데까지로 발전하기 일쑤다.

    이런 일로 친지들로부터 가끔 의논 받는 경우가 있다. 저쪽은 모 권력기관에 줄을 달아 놓고 이쪽을 업수이 여기고 잘못을 사과하기는커녕 큰소리만 치고 있으니 이럴 수가 있느냐고 흥분하거나, 아무것도 아닌 것을 침소봉대하여 사람을 잡으려 하니 징역을 사는 한이 있어도 상대에게 굽힐 수는 없다고 오기가 대단하다.

하기야 약육강식弱肉強食이 자연의 현상이요, 인간생활 자체가 생존경쟁일 수밖에 없는 이상 그만한 오기도 없다면 어떻게 발전을 기대할 수 있겠는가.

그렇다고 하여 오기만 내세워 일이 해결되는 것도 아니다. 우리가 살아가는 동안 허다하게 부딪히는 이와 같은 고난과 역경을 슬기롭게 극복하는 지혜는 없을까. 역발산力拔山 기개세氣蓋世의 항우도 많은 전투에 이겼으면서도 민심을 다스리지 못한 관계로 결국 해하垓下에서 크게 패하고 사면초가가 되어 오강烏江에서 자결함으로써 전쟁에는 패하고 말았다. 이 해하의 구리산십면매복九里山十面埋伏 작전을 지휘하여 항우로 하여금 자결케 한 한나라의 대장 한신韓信은 소년 때 부랑자들의 사타구니 밑을 기어다니는 수모를 인내하지 않았던가. 이 같은 고사를 상기하면서 일시 참을 수 없는 수모와 분함을 당하고 고초를 받았다 하여 곧 졌다고 할 수는 없지 않은가. 당신이 참고 지라고 권유한다. 그리고 그 사람이 권력의 줄을 달려 다니는 동안 당신은 남을 찾는 그 노력으로 열심히 일하여 자식들이나 훌륭히 키우라고. 그리하여 어느 날 당신이 훌륭한 가정을 이루고 자식들이 성공한다면 그때 그 사람은 당신을 부러워할 것이며, 그렇게 되면 당신은 전투에는 졌지만 전쟁에는 이긴 승리자가 될 것이라고, 그들에게 나름대로의 생각을 들려주곤 한다.

손자병법에도 백전백승百戰百勝하는 것보다 싸우지 않고 적을 굴복시키는 것이 선 중에 선이라 하지 않았는가.

(매일춘추)

숙제

초등학교 3학년 때의 일이다. 그날따라 동무들과 어울려 장치기를 하다 지쳐 숙제도 잊은 채 그대로 등교하였다. 숙제 조사를 한다는 선생님의 말씀에 깜짝 생각이 났으나 그때는 이미 때가 늦었다. 그 일로 호된 매를 맞은 기억이 난다. 그 뒤 나는 한 번도 숙제를 게을리하여 꾸중을 들은 일은 없었던 것 같다.

내가 아이들을 키울 때의 일이다. 작은놈이 큰놈에게 갖은 아양을 떨고 심부름을 도맡아 하면서 형에게 숙제를 해 달라고 졸랐다. 그러다 티격태격 다투더니 밤늦게까지 기록을 뒤적이고 있던 나에게 아버지도 숙제가 많으냐고 지원을 요청하는 듯했다.

그 표정을 보고 연민의 정을 느낀 적이 한두 번이 아니다.

사실 사람을 심판한다는 것이 원래부터 쉬운 일이 아니다. 당사자의 엇갈린 주장 속에서 무엇이 진실인지를 가려내기란 여간 어렵지 않다. 무능한 탓인지 기록을 집에까지 가지고 다닐 수밖에 없었고, 그러다 보니 꼬마들로부터 숙제 보따리라고 놀림을 받기 일쑤였다.

기록을 집에까지 가지고 다니는 것은 비단 나뿐만이 아니다. 어느 동료 법관은 기록 보따리를 들고 버스를 타다가 수상히 여긴 경찰관으로부터 불심검문을 받았다고 털어놓았다. 그 이야기를 듣고 내 무능을 자위하면서 고소를 금치 못한 적이 있다.

어디 숙제가 학생들이나 법관만의 전유물이겠는가. 우리는 모두가 생을 영위하기 위하여 한없는 숙제를 안고 살아간다. 크게는 온 민족의 숙원인 남북통일로부터, 작게는 내 가정의 조그만 소원까지 허다한 난제들의 숙제더미 속에 싸여 오늘도 전전긍긍하고 있다.

이렇게 열심히 숙제를 해 오는데도 숙제가 줄기는커녕 범죄와 송사는 늘고만 있고 온갖 부정부패가 만연하며 빈부의 격차는 좁혀지지 아니하여 숙제는 더욱 늘어간다.

우리는 문제의 핵심을 정확히 파악하지 못하고 있는 것은 아닌가. 아니, 우리 스스로가 숙제를 자꾸만 양산하고 있는지도 모른다.

공자는 '청송 오유인야 필야사무송호聽訟 吾猶人也 必也使無訟乎'라
고 하지 않았던가. 솔로몬의 명판결보다도 사건의 발생을 미리
막는 것이 더욱 중요하다. 뿌리를 뽑지 않고 가지만 잘라서 될 일
이 아니다.

우리는 문제를 정확히 파악하고 숙제를 만드는 일만이라도 하
지 않는다면 언젠가 숙제 없는 낙원을 이룰 수 있을 것이다.

(1979. 4. 14. 매일춘추)

3-복숭아를 남긴 죄

신뢰

일요일마다 테니스를 즐긴 지 벌써 수년이 되었다.
건강관리 겸 취미 삼아 시작한 운동이라 당초부터 실력이야 문
제될 것이 없고, 뜻 맞는 동호인들끼리 어울리다 보면 일주일의
스트레스를 말끔히 씻을 수 있어 그럴 수 없이 좋은 운동이라 생
각한다. 뿐만 아니라 운동 후 땀에 흠뻑 젖은 몸을 목욕탕에서 씻
고 이발관에서 나긋나긋한 면도사 아가씨의 안마 서비스라도 받
게 되는 날이면 금상첨화라, 그 무서운 면도날 아래에서도 편안
히 꿈나라로 빠져들 수 있다.

그런데 만일 이 면도사가 실수라도 하는 날이면 어떠하겠는가.
위해를 받을지 알 수 없는데도 이렇듯 무심할 수 있는 것은 면도

사 아가씨가 우리를 말쑥하게 단장해 주는 그 솜씨를 믿기 때문이다. 그렇지 않고 우리가 그의 솜씨를 불신한다면 누가 속수무책인 채 막중한 생명을 면도날 앞에 내어 맡길 수 있겠는가.

이렇게 서로 믿고 산다는 것은 얼마나 좋은 일인지 모른다. 그런데 그렇게 믿고만 살 수 없는 세상이 되었으니 답답할 뿐이다.

오늘날 불신풍조가 사회 도처에 만연되어 있는 것은 부인할 수 없는 사실이지만, 재판과 법조인에 대하여도 예외는 아닌 것 같다. 불리한 판단을 받은 당사자들 중에는 객관적으로 정당하고 또 공평한 판단인지를 평가하기에 앞서 무전유죄無錢有罪를 한탄하고, 그래서 오늘도 그 저주스러운 브로커들은 근절되지 않고 있는 것이다.

뿐만 아니라, 이해한다는 사람들마저도 요즈음 법조인들은 법률 뒤에 숨은 정의는 인식하지 못한 채 법규의 해석에만 급급하여 정의의 실현자가 아니라 하나의 기능인으로 전락하였다고 비난한다. 실로 경청하지 않을 수 없는 쓴소리이다.

물론 의인擬人이면 물용勿用하고 용인用人이면 물의勿疑하라고 하지 않던가. 자술서 따위의 불쾌한 이야기 없이 모든 공무원도 한번 믿어주었으면 하는 생각이 없는 바 아니다.

그러나 남이 나를 의심한다고 불평하기 전에 내 스스로 남으로부터 의심받을 짓을 한 일은 없는가 한 번쯤 돌아볼 일이다. 불신은 대화의 단절에서 싹튼다고 한다. 우리는 서로가 남을 불신한 나머지 두꺼운 벽을 쌓고 살아온 것은 아닌지….

　진실로 우리 모두가 솜씨 좋은 면도사와 같이 국가와 국민을 위하여, 내 친족과 이웃을 위하여 성실히 봉사한다면 언젠가 그들도 안심하고 나를 믿어줄 것이며, 그 가운데 국민의 총화는 이룩될 것이다.

(1979. 4. 21. 매일춘추)

도천불음盜泉不飮

달포 전 대한교육연합회가 교직자들의 사회적 위신과 경제적 지위에 대하여 여론조사를 한 일이 있다. 그 결과에 따르면, 교직자들이 의외로 20위 이하로 평가되었음에 반하여 영광된 1위의 자리는 법관이 차지했다고 한다. 이 기사를 읽고 가벼운 흥분과 함께 나 자신의 직업에 대하여 어떤 긍지마저 느껴진다.

그런데 일전 모 변호사회에서 한 여론조사에 따르면 오늘의 한국 법관들은 상사나 정치적 권력 앞에 너무 무력하며, 그들은 국민의 권리 보장과 인간 존엄성을 지킨다는 최후의 보루로서의 사명감보다는 관료주의적이며 권위의식에서 헤어나지 못함으로써 국민들로부터 불신을 받고 있다고 개탄한다는 것이다. 그 기사를 접하고 아연실색하여 자괴의 마음 금할 길이 없었다.

과연 오늘의 법관이 그렇게도 무기력하고 사명감마저 상실한 존재로 비친 것일까. 그 상대가 같은 법조인이고 보면 문제는 더욱 심각하다 하지 않을 수 없다. 우리는 소송당사자들이 객관적 판단능력을 잃고 소송에 진 분풀이로 무책임하게 하는 소리라고 가볍게 받아넘기거나, 폭주하는 사건을 눈코 뜰 새 없이 처리하다 보니 때로 오해를 받게 되었는지도 모르겠다고 변명하거나, 현재와 같은 사회적 여건 아래에서 법관에게만 성인군자가 되라고 강요할 수 없지 않은가고 강변할 용기는 없다. 오히려 옷깃을 여미며 이를 타산지석으로 삼고자 한다.

공자는 승모勝母마을에서 잠자지 않고 도천盜泉의 물을 마시지 않았다고 한다. 어머니를 이겨낸다는 이름의 부도덕한 마을의 도천盜泉이란 천한 이름의 샘물을 마실 수 없었기 때문이다. 아마도 우리에게 이와 같은 고결한 선비의 마음가짐이 부족했는지도 모를 일이다.

그러나 정의의 실현을 위하여 자리를 걸고 싸운 용기 있는 많은 선배들의 이야기가 남아 있고, 오늘도 청빈과 겸허의 자세로 재판에 임하고 있는 주위의 동료가 있는 한 우리는 실망하거나 좌절할 필요는 없다.

일인지해一人之害가 급어만인及於萬人이라 하지 않는가. 이와 같은 훌륭한 선배 동료를 욕되게 하는 일만은 없도록 각자가 도천盜泉의 물을 마시지 않는다는 심정으로 자성自省한다면 언젠가 사법부의 국민에 대한 신망은 회복될 것이다.

(1979. 4. 28. 매일춘추)

유장천재 遺藏天財

　　마을의 황 서방네는 보릿고개만 되면 초근목피草根
木皮로 연명한 관계로 부황증이 가실 날이 없었다. 그가 낭비한다
거나 게을러서는 결코 아니었다. 오히려 부지런하고 인심 좋기로
소문이 났으나 찢어지는 가난을 벗을 날이 없었다. 원래 가진 것
도 없거니와 일을 하려야 일자리를 얻을 수도 없었다. 어쩔 도리
없이 남부여대男負女戴로 정든 고향을 뒤로하고 도회지로 나왔다.
이를 악물고 닥치는 대로 일을 했지만 신통하지 못했다.

　　그런데 차차 애들이 공장에 나가고부터 언제부터인가 생활이
조금씩 풀리게 되었다. 그래서 이제는 사글세 신세도 면하고, 막
내는 고등학교를 보내게 되었으며, 딸애들도 공장차로 출퇴근시

켜 주는 대우 좋은 곳만 골라서 취업할 수도 있게 되어 이제는 먹고사는 데는 걱정하지 않아도 되었다.

황 서방뿐 아니라 그가 살던 시골도 이제 보릿고개를 잊은 지 오래고, 전기와 전화까지 시설된 문화농촌으로 탈바꿈하였다. 어떻게 살아갈 것인가를 걱정하던 그들도 이제는 어떻게 잘살 수 있을까를 생각하게 되었다.

그런데 여기에 문제가 있다. 말 타면 하인 앞세우고 싶다더니, 올챙이 시절은 까맣게 잊고 어떻게 잘살 것인가를 또 걱정하게 되었다.

수천만 원의 보석에다 수백만 원의 옷을 걸치고 횡행하는 복부인, 골부인이 부럽고 수단방법을 가리지 않고 사업을 늘리며 거들먹거리는 모리배들이 잘사는 것으로 보였다. 뱁새가 황새의 흉내를 내어서는 안 된다고 다짐하면서도 어느새 뒷골목 구멍가게에서 시내의 큰 백화점으로 진출하게 되었고, 목로주점에서 살롱가를 기웃거리게 되었다. 하느님은 재산을 관리할 수 있는 능력 있는 사람에게 맡긴다는 사실을 잊은 것이다.

보라, 12조 3천억 원의 융자를 얻어 1년에 11억의 판공비를 뿌린 어느 방종한 국내 굴지의 기업인이 종내는 하느님으로부터 그 재산을 회수당하고 철창으로 직행한 것을. 그는 묘목을 심어 정성들여 가꾸는 수고가 싫어서 돈 모아 당장에 농장을 사려고 서둘다 그렇게 된 것이다.

　참으로 우리의 조그만 재산도 하느님으로부터 잠시 보관받은 데 불과하다. 비록 적은 행복을 잡은 데 지나지 않은 황 서방네도 선량한 관리자로서의 주의 의무를 다하지 않는다면 언제인가 그마저 하느님으로부터 회수당한다는 사실을 명심하여야 할 일이다.

(1979. 4. 7. 매일춘추)

고향 유감

      삼십 리를 걸어 나가야 겨우 차를 탈 수 있었던 내 고향에도 이제는 하루 한두 차례 버스가 왕래한다. 초가지붕은 기와나 슬레이트로 개량되고, 골목길과 농로도 확장되었다. 전기까지 들어온 덕분으로 마을의 위급한 일과 모임이 있을 때면 종을 쳐서 알리던 것이, 마을 앞 정자나무 위에 높다랗게 달아둔 스피커를 통하여 일일이 전할 수 있게 되었다. 여름철이면 그렇게도 시원하던 오마산五馬山 약수터의 물을 끌어와 상수도 시설을 하여 새벽같이 물을 길어야 하는 고역을 면하게 되었음은 물론, 언제나 약수를 먹게 된 셈이다. 뿐만 아니라 농가 소득도 높아지고 생활도 향상되었다.

모처럼 고향을 찾아온 나그네에게는 이 경이적인 변모에 감탄을 금할 수 없을 것이지만, 나그네가 꿈에 그리던 그런 고향은 아니었다.

변한 것은 외적인 것만도 아닌 것 같다. 논밭에서 일하는 사람들은 씩씩한 청장년이 아니라 백발이 성성한 촌로일 뿐이다. 젊은이들은 이미 고향을 등진 지 오래다.

한여름 노인들이 모여 한가로이 소일하던 서당의 문은 자물쇠로 굳게 채워졌고, 정자나무 아래서 남녀노소가 모여앉아 이야기꽃을 피우던 정경도, 마을 앞 개울에서 물장구치는 개구쟁이의 모습도 보이지 않는다.

이웃의 경사에 막걸리를 가져와서 내 일처럼 기뻐하고 상喪을 당한 이웃에 팥죽을 부조하며 위로하던 따뜻한 인정마저 떠나버린 것은 아닐까. 앞산 아래 잔디밭에서 씨름하며 뒹굴던 식이는 지금쯤 무엇을 하고 있는지…….

그러나 호박덩굴 헝클어진 고색창연한 초가지붕에 빨간 고추를 말리던 아름다운 정경이며 진달래꽃 만발하고 소쩍새 울던 밤 무명고름 입에 물고 생긋이 웃어주던 복순이의 아름다운 자태를 잊을 수가 없다. 비록 외적으로는 많이 변모했지만 인심 좋고 인정 많은 내 마음의 고향은 영원히 변할 수 없는 것이다.

누가 눈 감으면 고향, 눈 뜨면 타향이라 했던가. 가난에 쫓기어

혹은 청운의 뜻을 품고 고향을 등진 도시인도 뿌연 도회의 창가에서 저 멀리 은은히 울려올 고향의 종소리를 기다리며 오늘도 꿈 많은 고향을 동경하리라.

(1980. 8. 23. 영남일보 천자시평)

장수다욕 長壽多辱

시몬느 드 보봐르의 「인간은 죽는다」라는 소설의 주인공 휘스카는 7백 년을 살아온 불사의 인간이다. 유한한 생명의 인간들은 현재의 온갖 노력이 결실을 맺을 미래를 위하여 몸을 던지며 살고 있지만, 오히려 죽음이 없기 때문에 그에게는 전 존재를 내걸 수 있는 뜻있는 행동이 없다. 그에게 있어서 삶이란 똑같은 일의 반복에 지나지 않는다. 영원한 삶은 그를 드디어 절망에 빠뜨리고 남은 것은 오직 피로와 권태와 소외된 자의 고독뿐이다. 그는 유한한 생명을 지닌 인간들 사이에서 괴로운 것이다. 죽음을 두려워하고 영생永生을 바라는 인간들에게 삶의 참 뜻이 무엇인지를 다시 한 번 음미케 한다.

인생이란 원래 한 조각 구름 같은 것. 언젠가는 죽을 수밖에 없는 존재가 아닌가. 막강한 권세와 부富로 불사약을 구하려던 진시황秦始皇도 뜰 아래 지는 낙엽을 보고 자연의 섭리를 터득했다던가.

우리는 영생을 바랄 수도 없거니와 영생의 훠스카에게서도 삶의 참뜻이 무엇인가를 찾지 못했다. 진정한 삶의 길은 무엇일까. 화華를 순행하던 요堯는 그 지방 사람으로부터 수부다남壽富多男하라는 치사를 받고 "아이 많으면 걱정이 많고, 부자가 되면 일이 많고, 오래 살면 욕辱이 많다. 이 세 가지는 덕을 기르는 것이 못되어 사양한다."라고 했다.

장자莊子는 이를 풍자하여 "아들이 많으면 제각기 분에 맞는 일을 맡겨주면 될 것이고, 부가 많으면 이웃에 나눠주면 무슨 걱정이람. 병과 죽음의 3환三患을 괴로워함이 없이 몸에 재앙이 없다면 장수해서 욕될 것이 없다."라고 했다.

속인이야 이와 같은 인의도덕仁義道德의 사상이나 무위자연無爲自然의 도에 통할 수는 없지만, 우리는 오래도록 봄에 씨 뿌리고 가을에 거두어 들이는 농경사상을 근본으로 하여 살아왔다. 좋은 씨를 뿌린 뒤에 좋은 결실을 기대하고, 정성을 들인 만큼 수확을 올릴 수 있는 것으로 믿어 왔다.

그런데 산업사회가 발달하면서 조잡한 씨를 뿌리고도 우연한 기회에 일확천금을 노리는 부조리가 생겨난 것이다. 이는 결코 용납될 수 없는 것이다. 농경사상의 근본을 잊은 탓일까. 인간은 휘스카처럼 영생할 수는 없다. 오래 살아 욕을 남기기보다 짧은 생애이나 죽기 전에 충실한 씨를 뿌리고 정성껏 가꾸어서 내 자손에게나 푸짐한 수확을 거두게 해야 하리라.

(1980. 7. 5. 영남일보 천자시평)

미생의 신의

노魯나라에 미생尾生이라는 우직한 사나이가 있었다. 어느 날 밤 사랑하는 여인과 강다리 밑에서 만나기로 약속하였다.

그런데 여자는 장난삼아 한 약속이었던지 무슨 급한 일이 생겼음인지 아무튼 그 시간에 나타나지 않았다. 그러는 중에 밀물 때가 되어 강물은 자꾸만 불어올라 왔다. 하지만 미생은 약속을 지키기 위하여 끝까지 버렸다. 그러다가 그만 물에서 헤어나지 못하고 죽고 말았다고 한다.

전국 시대의 유세가 소진蘇秦은 죽어도 약속만은 지킨 신의 두터운 이 사나이의 이야기로 연왕을 설득하였다.

장자는 이와 같은 미생의 행동을 쓸데없는 명분에 목숨을 거는 일은 진실로 삶의 길을 모르는 무리라고 비난했다.

나는 이를 신의가 두터운 사람으로 칭송하거나 바보 같은 사나이라고 비난하기 이전에 약속을 어긴 그 여자에게 규탄의 화살을 날리고 싶다. 지킬 수 없는 약속이라면 애당초 하지를 말아야지, 장난삼아 던진 돌에도 호숫가 백조는 생명의 위험까지 받을 수 있지 않은가. 약속은 지켜야 하고 지켜져야 하는 것이다. 그가 약속을 지키지 아니하였기 때문에 귀한 한 사람의 생명이 희생되지 않았는가.

  오늘처럼 물질문명이 발달하고 생활환경이 복잡할수록 우리에게는 유형무형의 많은 약속이 필요하고, 그 약속이 지켜지리라 믿기 때문에 안심하고 살아갈 수 있는 것이다.

  붉은등이 켜지면 정지하고 푸른등이 켜질 때 진행해야 질서는 유지되는 것이다. 상대방이 정지할 것을 믿고 진행하였는데 그가 이 약속을 어긴다면 충돌은 피할 수 없다.

  시민이 질서를 무시하고 공직자가 국민의 봉사자로서의 약속을 망각하며 기업인이 지켜야 할 상도덕을 배반한다면 가공할 사회의 혼란이 벌어지지 않겠는가.

  공자는 정치의 요체로서 식량, 군비, 국민에 대한 신의를 꼽고 있다. 부득이하여 군비와 식량을 버리는 한이 있더라도 국민에 대한 신의가 없으면 천지 사이에 몸 둘 곳이 없다고 하였다.

  공자의 신념과 미생의 신의는 우리 모두가 다시 한 번 음미해 봄직하다. (1980. 7. 12. 영남일보 천자시평)

태양과 바람

서로 힘이 세다고 뽐내던 태양과 바람이 나그네의 외투 벗기기 내기를 했다. 먼저 바람이 거센 폭풍을 몰아붙였다. 폭풍이 거칠면 거칠수록 나그네는 더욱 단단히 외투자락을 감아잡았다.

다음은 태양의 차례다. 구름을 헤치고 따뜻한 햇볕이 내리쬐이자 마침내 나그네는 이마의 땀을 씻으며 외투를 벗고 말았다. 우리는 이 이솝이야기에서 완력보다도 스스로 옷을 벗게 하는 분위기의 조성이 중요함을 배운다.

금번 공무원에 대한 미증유의 숙정이 단행되었다. 공직에 몸 담고 있는 사람으로서 연민의 정과 자괴自愧의 마음 금할 길이 없다. 정부도 이를 계기로 공무원들의 처우를 개선하리라 믿는다.

제齊의 명신 관중管仲은 "곡식 창고가 차면 예절을 알고 먹고 입는 것이 족하면 영욕을 안다."라고 했다. 공무원에게 최저생계비도 지급하지 못하고서야 아무리 강력한 부정부패의 방지책도 그 실효성을 기대할 수 없을 것이다.

그러나 우리의 조상은 가난이 선비의 허물이 될 수 없다 하고 빗물이 새는 초려에서 우산을 받고 앉아 글을 읽는 청빈한 선비나 관료를 이상의 상으로 삼아왔다.

천하를 마다한 허유許由는 "박새의 보금자리는 나뭇가지 하나를 차지함에 불과하고, 수달피는 자기 배를 채울 만한 물밖에 마시지 못한다."라고 했다. 천하무비無比의 군왕의 자리도, 억만금의 재산도 오히려 거추장스러울 뿐인 것이다. 그러함에도 수십 수백 억을 치부한 권력형 부정이나 일부 공무원들의 비윤리적 행위는 필경 밀물처럼 들어온 황금만능사상의 그릇된 가치관으로 인하여 이와 같은 우리 고유의 가치관을 망각하였기 때문인 것이다.

이왕지사 부정부패한 공직자의 추방은 불가피한 일이지만, 다시는 부정부패가 뿌리를 내릴 수 없도록 우리의 가치관을 재정립하고 주위의 정화를 병행해야겠다. 성실한 사람이 잘사는 사회, 유능하고 정직한 공무원이 발탁되고 부패하고 무능한 공무원이 도태되는 그런 분위기를 먼저 조성해야 하겠다.

(1980. 7. 19. 영남일보 천자시평)

꽁보리밥의 향수

      요즘 서울에서는 꽁보리밥집이 생겨 찾는 사람이 날로 늘어난다는 신문기사를 읽은 적이 있다. 일전 대구에서도 그런 밥집이 생겼다는 소문을 듣고 별로 달가워하지 않는 동료를 꾀어 찾아갔던 일이 있다. 본래 미식美食이나 식도락과는 거리가 멀고 무슨 음식이든 별로 가려보지 못한 주제인지라 어떤 거창한 명분이 있어서는 더욱 아니고, 문득 잊고 있었던 옛 생각이 불현듯 나서였다.

    지금은 꽁보리밥이라 해도 기계에 의한 도정이라 쌀밥같이 희고 부드럽지만, 방아에 찧어 먹던 그 시절에는 먹기에도 여간 거북스러운 것이 아니었다. 그때만 해도 농촌에서는 조반석죽이면 생활이 좋은 편이요, 이런 꽁보리밥인들 마음껏 먹을 수 있는 형편이 못되었다.

무더운 여름철 찬 우물물에서 꽁보리밥 덩어리를 뚝뚝 풀어 된장에다 싱싱한 풋고추를 꿀같이 찍어 먹던 기억을 지금도 잊을 수 없다. 제사 때 쌀밥을 얻어먹으려고 쏟아지는 졸음과 싸운 적이 한두 번이 아니다.

어느 복날이었던가. 점심을 먹은 뒤 목화밭의 김을 매려고 가던 길에 집안 할머니로부터 쌀밥과 닭개장을 얻어먹고 배가 불러서 도저히 엎드려 김을 맬 수 없었던 그때를 생각하면 지금도 고소를 금할 길 없다.

꽁보리밥은 참으로 가난의 대명사였다. 보릿고개에 허덕이던 순이는 보리밥이라도 배불리 먹으라고 도회지 어느 부잣집 식모살이로 보내는 엄마의 손을 잡고 가난이 서러워 한없이 울었다. 어느 흉년에 꽁보리밥 한 그릇 훔쳐먹던 돌이는 모진 매를 맞아야 했다. 그러나 이제 순이도, 돌이도 밥을 먹는 것이 공복을 채우는 수단만은 아니다. 그래서 그들도 꽁보리밥은 싫은 것이다. 덕분에 얼마 되지 아니하는 생산마저 과잉되어 정부에서 수매하여 보관하는 것만 수백만 섬이 된다고 하니 우리의 생활이 그만큼 향상되었다고 기뻐만 할 것인가.

아무튼 가난한 서민의 애환이 얽힌 꽁보리밥집이 인기를 찾고 있다니 다행스러운 일이라 해두자. 언젠가 우리 집 아이놈들을 이곳에 데리고 와서 꽁보리밥에 얽힌 숱한 애환을 들려주어야겠다.

(1980. 7. 26. 영남일보 천자시평)

화해

요즘 경기침체 때문일까? 민사사건이 날로 증가하는 경향을 보인다.

폭주하는 사건을 제한된 인원이 처리하려니 삼복더위에도 한 기일에 수십 건씩 심리하여야 하는 곤욕을 면할 길이 없고, 더욱이 진실을 왜곡한 채 자기에게 유리한 주장만을 되풀이하는 당사자의 입씨름을 듣고 있노라면 짙은 안갯속을 헤매는 듯 진실이 무엇인지 종잡을 수 없다. 하기야 민사분쟁의 해결이란 당사자가 제출하는 증거에 따라 사실을 확정하고 법률을 적용하여 일도양단의 판결을 내리면 그만인 것이다.

그러나 판결에 의한 분쟁의 해결이 최상의 수단이라고만 할 수는 없다. 당사자가 이 강제적 해결을 승복하지 아니하는 한 분쟁은 종식되지 아니하고, 급기야 형사사건으로 비화하는 등 분쟁은 꼬리에 꼬리를 물고 계속됨으로써 친한 친구와 이웃 간에 패가망신하고 불공대천의 원수가 되는 경우를 우리는 흔히 보아왔다. 뿐만 아니라 민사소송은 많은 시간과 적잖은 비용이 지출되는 것도 피지 못할 실정인 것이다.

이렇게 볼 때 민사분쟁은 화해로 해결하는 것이 극히 바람직하다 하지 않을 수 없다. 당사자의 뜻에 따라 해결하였기 때문에 분쟁은 그로써 종식되고, 원수를 져야 할 이유도 없게 되는 것이다.

그런데 당사자에게 양보를 권하다 보면 무슨 장사 에누리 같기도 하고 판결을 회피하는 것 같아 선뜻 마음이 내키지 않을 때도 있다. 하지만 사건의 성격에 따라 화해 자체가 금지된 것도 있지만, 화해로 해결하는 것이 이상적인 경우가 수다하기 때문에 이를 권유하게 되는 것이다.

이러한 화해를 외면한 채 상대방이 잘못했다고 승복하지 않는 한 양보 못 한다고 고집을 피워야 하고, 내 재산 다 날려도 사과만은 않겠다고 배짱을 내밀어야 옳은가.

친한 친구와 이웃을 원수로 돌리면서까지 내 욕망을 채워서는 아니 될 것이다. 말 한마디에 천냥 빚도 갚는다고 하지 않았던가.

화해 자체가 서로 양보하는 것이다. 악착같이 싸우던 당사자

가 화해한 뒤 손을 잡고 웃으면서 법정 밖을 나가는 것을 보노라
면 어떠한 명판결도 두 사람에게 저 정도의 만족을 줄 수 없었으
리란 생각이 든다. 그러면서 흐뭇한 보람에 사로잡힌다.

(1980. 8. 2. 영남일보 천자시평)

천상의 탄식

어느 날 공자가 강변을 거닐고 있었다. 그때 흐르는 강물을 바라보며 "가는 자는 이와 같을까. 주야로 흘러서 쉬는 일이 없구나."라고 읊조리면서 인생의 덧없음을 한탄했다고 한다.

필부인들 어찌 감회야 다를 수 있겠는가. 사회 정의의 구현자가 되겠노라고 큰소리치며 오직 외길을 달음질해 온 지 어언 십오 년, 법정에 투영된 나의 모습은 과연 어떤 것이었을까.

생각하면 솔로몬과 같은 지혜로운 판결을 해 본 경험도 없는 것 같고, 이것이 정의였노라고 남에게 내어놓을 결단도 못 해 본 것 같다. 다만 주어진 사건을 겸허한 자세로 별 무리 없이 처리했노라고 자부할 수밖에 없다. 그러나 산적한 사건 속에서 나무만 보고 숲을 보지 못하는 졸속한 판결은 없었을까. 시세와 대중에 영합하려던 어리석은 결단은 없었을까. 심히 두려운 마음 금할 길이 없다.

어느 선배님은 법관 30년에 친구와 이웃을 모두 잃었노라고 쓸쓸해하셨다. 그렇다고 때로 보람을 못 느끼는 것은 아니지만, 불혹不惑에 이른 지금에도 이와 같은 갈등 속에서 고독한 결단을 하지 아니하면 안 된다.

과연 나는 어디만큼 온 것일까. 그동안 무엇을 했다고 할 것인가. 도시 종잡을 수 없는 혼미 속에서 남은 것은 얼굴의 주름과 오직 회한일 뿐. 예부터 정의를 주장하다가 외로이 생을 마친 사람들의 고독을 본질적 고독이라고 하고, 실존의 고독은 인간 스스로 고립을 즐기려고 자초한 고독이라 했다. 얼마 전 대한교련의 여론조사에 의하면 법관의 사회적인 지위가 1위라고 하니 정말 자초한 고독일까.

한단邯鄲의 여사에서 잠이 든 당 현종玄宗 때의 노생盧生이란 사람이 있었다. 그는 꿈에 영욕과 부귀와 생사를 모두 경험한 나머지 인생의 무상함을 깨닫고 악착같이 일하면서도 괴로워하지 않을 수 없는 신세를 한탄하며, 불평하던 것을 거두고 누더기를 걸친 채 유유자적悠悠自適 거리를 누볐다던가.

나에게는 가정이란 따뜻한 보금자리가 있고 나를 하늘처럼 믿고 있는 사랑하는 아들 딸들이 건재한데 그 이상의 무엇을 바랄 것인가마는, 이제 유장한 강물의 중앙에 서서 흘러간 물을 더럽히고 내려오는 새 물을 오염시킬까 그것이 두려운 것이다.

(1980. 8. 9. 영남일보 천자시평)

여름밤

　　찌는 듯한 무더위였다. 흐르는 땀과 턱에까지 차오르는 숨을 주체할 길이 없어 김을 매다 말고 정자나무 아래로 달려갔다. 그곳은 여름 한 철 마을 사람들의 휴식처였지만, 그날따라 바람 한 점 없고 요란한 매미 소리만 귀청을 때렸다.

　　방학이라 고향에 온 경수는 교모를 비스듬히 눌러쓰고 그가 처음 본 도회지의 이야기를 신나게 해주었고, 주위의 조무래기들은 신기한 듯 귀를 기울이고 있었다. 그는 금년 봄 중학에 입학한 내 또래의 이 마을 단 한 사람의 중학생이었다.

　　나는 그가 한없이 부러웠다. 무럭무럭 자라나는 벌판의 곡식들이 대견스럽기는커녕 나에게는 무관한 것처럼 느껴졌고, 이 고

된 농촌에서 어떻게 하면 헤어날 수 있을까 궁리했다.

어느덧 해는 지고 동산에 달이 떠오르자 뜨겁던 열기도 다소 식고 선선한 바람이 불어왔다. 하지만 도시 시원하지가 않았다.

무수히 반짝이는 별들을 바라보면서 내 별은 어느 것일까. 저 북극성처럼 빛나는 별일까, 아니면 은하수에 묻힌 이름 없는 별일까. 낮에 경수가 들려주던 도회지에 대한 동경을 버리지 못한 채 상상의 날개를 펼쳐본다. 그래서 주경야독을 게을리하지 않았고, 그 결과 오늘 이 법관의 길을 선택하게 되었는지도 모른다.

원래 감정이 둔한 주제인지라 밤하늘에 흐르는 별을 보고도 아름답다고 감동해 보거나 환상적인 밝은 달밤이라 하여 특별히 어떤 감흥을 느껴본 기억이 없다. 그런데 언제부터인가 문득 그 야속하기만 하던 고향의 밤하늘이 그리워지고, 집 앞에서 귀가 찢어져라 울어대던 개구리 소리가 듣고 싶어졌다.

마당가에 모깃불을 피워두고 평상에 누워 바라보던 밤하늘, 별 하나 나 하나, 별 둘 나 둘 세어보던 그 별들은 지금 공기에 오염되고 네온사인에 퇴색된 도회지의 별은 아니었다. 그것은 동경과 환상과 희망이었다. 그러기에 지금도 잊을 수가 없는 것이다.

내 마음은 이 밤도 주마등처럼 저 푸른 들판을 가로질러 별들이 고이 졸고 있을 고향의 밤하늘을 향하여 마구 달려가고 있다.

(1980. 8. 16. 영남일보 천자시평)

복숭아를 남긴 죄

위衛나라에 미자하彌子瑕라는 미소년이 있었다. 그는 아름다운 용모로 왕의 더할 수 없는 사랑을 받아왔다.

어느 날 미자하는 어머니의 문병을 위하여 왕의 수레를 몰래 훔쳐 탄 일이 있다. 왕은 미자하에게 단족斷足의 형벌을 내리기는 커녕 오히려 효성이 지극하다고 칭찬했다.

한번은 미자하가 과수원에서 복숭아를 하나 따 먹다가 하도 달고 맛나기에 먹던 것을 왕에게 바쳤는데, 이를 두고 왕은 "자기가 먹는 맛남도 잊고 내게 바치니 어찌 다정다감한 일이 아닌가." 하고 칭찬하였다.

어느덧 세월이 가서 미자하의 아름다운 얼굴도 변하고 왕의 사랑도 식어버려 벌을 받는 몸이 되고 말았다. 왕은 "그놈은 언젠가 내 수레를 몰래 탔었다. 뿐만 아니라 먹다 남은 복숭아를 내게 먹이기까지 했었다." 하고 꾸짖었다.

미자하의 행위에는 아무런 변화가 없건만 전에는 칭찬받던 일이 뒤에는 죄의 원인이 되었으니 미자하는 야속하게 변심한 왕을 원망했을까. 아니면 자신의 용모가 변한 것을 한탄했을까.

흐르는 세월을 걷잡을 수도 없고 달면 삼키고 쓰면 뱉는 것이 세상 인심인데, 변심한 왕만을 나무랄 일도 아니다. 애당초 아름다운 용모로 왕의 총애를 누렸는데 이제 그 용모가 달라졌다면, 총애를 잃게 되는 것이 어쩌면 당연한지도 모를 일이다.

만일에 미자하가 용모가 아닌 행실로 왕의 신임과 총애를 받았다면 사정은 어떠했을까. 그 용모가 달라졌다 하더라도 그 행실이 흐트러지지 않는 한 사랑에도 변함은 없었을 것이다.

곱추이고 언청이던 불구자로부터 도를 듣고 반한 위衛의 영공은 멀쩡한 사람을 도리어 불구자로 보았다던가. 그의 덕이 뛰어났기에 외모는 잊게 된 것이다.

월태화용의 양귀비도, 미스코리아의 아름다움도 언제까지나 이를 간직할 수만은 없다. 그래서 우리는 미자하의 미모보다도 밤하늘의 별처럼 빛나고 영원히 변하지 아니하는 곱추의 덕을 기리는가 보다.

(1980. 8. 30. 영남일보 천자시평)

4
내 뒤를 쫓는 자

인권

　　형사재판의 궁극적 목적은 적정·공정한 형벌권의
행사에 있다. 형벌권의 적정·공정한 행사를 위하여는 그 전제로
서 사건의 진상을 명확히 하여 실체적 진실을 발견하지 않으면
안 된다. 형사소송이야말로 이 진상을 밝히는 과정이라 할 것
이다.

　그런데 죄를 지은 과정을 분명히 알고 있는 것은 피고인 자신
과 신神뿐이다. 인간인 법관으로서는 법정에 나타나지 아니한 숨
은 진실까지를 알아낼 도리가 없다.

　실제 실무에 당해 본 사람이면 진실의 발견이 얼마나 어려운
것인지, 인간 능력의 한계를 스스로 통감하리라. 특히 수사나 소

추訴追를 담당하고 있는 경찰이나 검찰의 편에서 본다면 그 사정은 더욱 절실할 것이다. 그렇다고 진실 발견을 한다며 무한한 비용과 노력과 시간을 낭비할 수만도 없는 노릇이다.

아무리 미궁에 빠진 사건이라도 범인만은 그 진상을 알고 있는 터이므로, 범인이 실토만 해 준다면 그 이상으로 이상적이고 편리할 수가 없을 것이다. 그래서 규문주의糾問主義 하에서는 피고인의 자백이 증거의 여왕으로 군림할 수밖에 없었다. 그러나 어느 범인이 선뜻 자기의 죄를 인정하고 나서겠는가. 그래서 피고인의 자백을 얻기 위하여 "네 죄는 네가 알렷다." 하는 식으로 이실직고를 강요하여 갖은 비인도적인 고문이 자행되어 온 것이다.

프랑스혁명 이후 문화제국이 인권을 천부天賦의 권리로 인정하고, 고문이야말로 인간의 존엄과 가치를 말살하는 만행으로 규정하여 이의 방지를 위한 제도적 장치를 하기에 이른다.

헌법상 누구나 고문을 받지 않을 자유와 불리한 진술을 강요당하지 아니할 권리를 보장하고, 나아가 형사소송법에서는 피고인의 자백이 고문 등 임의로 진술한 것이 아니라고 의심할 만한 이유가 있을 때나 피고인의 자백이 그 피고인에게 불이익한 유일의 증거인 때에는 이를 유죄의 증거로 할 수 없으며, 피고인은 수사기관에서뿐 아니라 법정에서도 묵비권과 진술거부권을 행사할 수 있다.

자백은 임의성과 신빙성이 있어야만 유죄의 증거로 할 수 있다. 임의성이 없는 자백은 증거 능력이 없고, 신빙성이 없는 자백은 증명력이 없다. 비록 피고인이 자백을 하더라도 달리 보강할 증거가 없으면 유죄 판결을 할 수 없는 것이다. 아무리 범인이라는 확신이 가더라도 그것을 입증하는 증거가 없으면 유죄의 판결은 불가하다. 이것이 오늘날 증거재판주의이다. 이제 피의자는 증거의 대상이 아니라 소추관訴追官과 대등한 당사자로서 각자가 공소 준비와 방어를 위한 활동을 하며, 법관은 이것을 공평하게 후견해주어야 한다.

이와 같은 제도적인 장치에도 불구하고 실제 법의 운용 면에 있어서 우리의 인권이 충분히 보장되고 있다고는 할 수 없다. 범죄 혐의를 받고 있다는 심리적인 열세뿐 아니라, 강제수사가 원칙처럼 되어 있는 현 실정에서 구속된 피의자가 공익을 대변한다는 막강한 수사력에 대하여 충분히 방어권을 행사한다는 것은 쉬운 일일 수는 없다. 진실 발견이라는 미명 아래, 혹은 강박하고 혹은 유인을 하고 피의자의 변명은 묵살한 채 자백을 강요당하고 있는 것도 부정할 수 없는 실정이다.

세인의 이목을 집중시켰던 윤尹 보살 사건과 여대생 살해 사건은 수사과정에서 그 범행을 자백하고 범행을 재현하였던 여인과 대학생이 1·2심 또는 1심에서 그 자백이 임의성과 진실성이 없다는 이유로 차례로 무죄판결이 선고되었다.

　수사기관에서 자백한 강력사건에 연이어 무죄판결이 선고되자 각계의 반응은 민감했다. 이젠 절도범으로 그칠 범인도 증거인멸을 위해 살인을 할 것이 아니냐, 또는 범죄는 지능화하여 증거 찾기는 더욱 어려워지는 실정이라 강력범 수사는 큰 시련을 겪을 것이라는 회의론도 있다. 그러나 적어도 사법부로서는 엄격한 증거주의와 수사 절차의 적법성을 천명하여 인권 보호의 최후 보루를 지켜주었다는 찬사와 함께 수사기관에 대하여 증거에 의한 과학수사를 촉구하였다.

　경찰에서의 자백은 피고인이 법정에서 그 내용을 부인하면 증거 능력이 없음에 반하여 검찰에서의 자백은 진정성만 인정되면 피고인이 그 내용을 부인하더라도 유죄의 증거로 할 수 있다. 다만 그 자백이 임의성이 있는 경우이다. 종래에도 대법원은 검찰에서의 자백이라도 수사경찰의 입회하에서 자백하였거나 검사 앞에서 조사받을 때는 고문을 받지 않았다 하더라도 그 이전에 고문을 받아 허위자백했고 그 임의성 없는 심리상태가 계속되었다면 자유로운 분위기에서 이루어진 자백으로 볼 수 없고 임의성이 의심스럽다 하여 증거능력이 없다고 판시한 바 있다. 또 얼마 전 2심에서 살인혐의로 징역 15년을 선고받은 후 진범이 검거된, 소위 김시훈 사건에서는 한 걸음 더 나아가 피고인이 경찰에서 진술서라는 형식으로 작성된 자백서는 사법경찰관이 작성한 피의자 신문조서와 같이 피고인이 그 내용을 인정하지 아니하면 증거능력이 없다고 판시하였다. 이 판결에는 소수의 반대의견이 있기는 했으나, 피고인의 인권 보장이란 측면에서 보면 경하해 마지않을 일이다.

그럼에도 불구하고 피의자에게 자백을 강요하는 풍조는 왜 사라지지 않는 것일까. 이는 필시 피의자를 죄인시하고 죄인은 어떻게 다루어도 괜찮다는 폐습에서 온 것은 아닐까. 아무리 흉악한 범인일지라도 그에게도 인권은 있는 것이며, 피고인은 유죄판결이 확정될 때까지는 무죄로 추정받는다. 피의자를 죄인시하지 말고 혹시 무고한 죄인이 아닌지 그의 변명에 귀를 기울일 줄 아는 태도가 절실하다.

물론 모든 사건의 진실을 밝혀 한 사람의 범인도 놓치지 않고 형사처벌을 가하는 것이 사회를 방어하기 위하여 바람직한 일이겠지만, 열 사람의 범인을 놓치는 한이 있더라도 한 사람의 무고한 사람을 벌하여서는 아니 된다는 형사소송의 대명제를 잊어서는 안 될 일이다.

(1982. 10. 23. 매일신문)

호미로 막아라

　　우리는 전통적으로 법보다는 인仁과 예禮를 더 중시
해 왔다. 어떠한 분쟁이나 문제해결에 있어서도 법에 호소하기보
다는 예의나 도덕적인 윤리규범을 먼저 내세웠다. 그래서 언약이
중요한 것이지 그까짓 계약서야 형식적이고 대수롭지 않다고 여
겼다.

　법률상담에 응하면서 이와 같이 '남아일언 중천금'이라고 큰
소리치는 상대방만 믿고 계약서를 소홀히 했다가 상당히 곤경에
처해 있는 경우를 흔히 보게 된다. 언약을 믿고 계약을 소홀히 한
그 사람보다도 계약서의 문맥만으로 권리를 주장하는 쪽이 한없
이 얄밉기까지 하다.

그러나 세상은 날로 변해간다. 인심도 변하거니와 인간사회에는 수다한 분쟁이 꼬리를 물고 일어나고 있다. 우리는 이와 같은 분쟁의 해결을 위하여 많은 시간과 비용과 정신적 고통을 감내하지 않으면 아니 된다.

물론 인간사회에 분쟁이 생겼을 때 사후적으로 해결방법을 모색하여 원만하게 처리하는 것도 중요하다. 하지만, 그보다도 더욱 바람직한 것은 분쟁의 소지를 미리 막도록 하는 데 있다 할 것이다. 공자는 "송사를 처리하는 일이야 남에게 질 것이 없지만, 송사가 없는 것만 못하다聽訟 吾猶人也 必也使無訟乎."라고 하지 않았던가. 솔로몬의 명판결도 아예 분쟁이 없었던 것보다는 못한 것이다.

환자에게 질병이 깊어져 치료에 많은 비용과 고통, 그리고 후유증이 뒤따르게 하느니보다, 일찍 발견하여 초기 단계에서 치료함이 보다 효과적인 것은 말할 필요도 없다. 그러나 인류 역사에서 의료인의 역할은 질병 치료에 있었다. 현대 의학이 발달하면서부터 비로소 예방의학의 분야에 비중을 두게 되었다. 그래서 의료업계는 시민들에게 적절한 식이요법과 운동 및 치료를 통하여 건강을 유지하는 방법을 홍보하기에 이르고, 상당한 국민의 호응을 받고 있는 것이다.

이에 반하여 법적 분쟁의 사전 예방에 대하여는 거의 무감각한

상태가 아닌가 생각된다. 미국 같은 나라에서는 가옥의 임대차 계약을 체결하는 경우에도 변호사에게 의뢰하는 일이 흔히 있다고 한다. 우리 사회에서는 국제간의 계약체결에 있어서도 변호사를 대동하고 가는 일은 극히 예외적인 현상이라고 듣고 있다.

변호사라고 하면 돈 있는 사람들의 소송사건을 맡아 처리하고 상당한 보수를 받는 소송전문가라고 생각하는 시민이 적지 않을 것이다. 변호사가 법률문제에 대하여 사전에 자문에 응하는 경우보다는 소송사건의 수임이 거의 전부를 차지하고 있는 것도 부정할 수 없는 실정이다. 또 변호사의 직무 영역이 이처럼 좁아진 이유 중의 하나가 해방 이후 갖가지 소용돌이 속에서 가치관이 전도되어, 법에 따르기보다는 그때그때 적당히 넘기는 것이 현명하다는 그릇된 풍조 속에서 전문가에게 의견을 구하는 것을 귀찮은 일이라고 여겨서인지 모른다.

소 잃고 외양간 고친다더니, 일은 모두 저질러 놓고 빈사상태에서 찾아온다. 명의라는 편작扁鵲인들 어떻게 하라는 말인가? 때로는 울분까지 느낄 때가 있다.

아무리 유능한 기업인이라도, 아무리 훌륭한 시민이라도 전문 분야가 아닌 법생활 영역에서는 분쟁의 요소를 간과하기 쉬운 것이다.

한 가지 예로, 발행지發行地의 기재가 없는 약속어음을 배서인

背書人의 재력만 믿고 교부받아서 지급기일에 지급장소인 은행에 제시하였더니 예금 부족으로 지급 거절되었다. 이 경우 어음만 가지고 있던 사람이 발행지를 기재하여 은행에 제시하였다면 자기가 의도하는 대로 배서인에게 어음금을 청구할 수 있었을 터인데 이를 간과하고 그대로 은행에 제시하였기 때문에 자기가 믿고 있던 배서인에 대하여는 약속어음금을 청구할 수 없게 된 것이다. 이것은 극히 사소한 예이지만, 이와 유사한 경우는 허다히 있을 수 있다.

요즘 산업의 발달로 일부 기업인들이 회사에 고문변호사를 두고 있기는 하다. 일반적으로 고문변호사는 어떤 법률문제가 제기되었을 때에 자문에 응하거나 소송사건을 수임하는 것이 고작이고, 기업정책의 입안 과정이나 계약체결 등 분쟁의 예방을 위하여 이바지하는 경우는 드물다는 것이다.

이와 같이 시민들이 변호사의 조력을 기피하는 이유 중에는 변호사 자신들에게도 상당한 책임이 있음을 부정하고 싶지 않다.

의사들이 조기진단과 치료의 방법을 환자들에게 효과적으로 권유하는 것과 같이, 시민들의 법 생활 영역에 있어서 의사와 비견할 수 있는 변호사들이 발생 가능한 법적 분쟁을 미연에 방지하기 위하여 능동적이고 적극적으로 활동을 할 필요가 있다고 본다.

변호사는 소송사건을 수임하는 데 한정되는 것은 아니다. 일반 시민들로 하여금 변호사 사무실의 문턱이 높아 들어갈 수 없다는 인식을 없애도록 하여야 한다. 가난한 사람이나 돈 있는 사람이나 법률 생활에 있어서 어려움이 있으면 손쉽게 자문을 구할 수 있는 풍토가 조성되어야 하지 않을까. 그래서 법적 분쟁의 사전 예방을 위해 변호사의 도움을 받는 것이 막상 사건이 터진 후에 조력을 받는 것보다도 얼마나 경제적이고 편리한가를 깨닫게 될 때 호미로 막을 수 있는 일을 가래로 막아야 하는 어리석음을 범하지 아니할 것이다.

물론 변호사의 적극 참여와 시민의 법의식이 개선된다면 분쟁 예방에 어느 정도 효과를 거둘 수 있을 것이다. 그러나 그것은 분쟁의 해결이 공정하게 판단되는 것이 전제될 수밖에 없다.

실정법이 제 구실을 못 하고 사회부조리가 심화하여 국민이 사법부를 신뢰하지 못한다면 소송 당사자는 법에 의하여 분쟁을 해결하려 하기보다는 어떤 힘에 의하여 사건을 해결하려고 꾀할 것이다.

따라서 힘에 의한 지배가 아니라 법적 정의가 실현되는 사회적 풍토가 조성될 때 비정상적인 방법에 의하여 자신의 이익을 꾀하려는 무리가 없어질 것이며, 그만큼 분쟁은 줄어들 것이다.

(1982. 12. 16. 매일신문)

믿어보자

법관으로 재직하던 때의 일이다. 폭력사건으로 기소된 피고인을 재판하는 과정에서 싸움을 목격했다는 초등학생을 증인으로 조사한 적이 있었다. 그 학생은 우연히 남의 싸움 구경한 탓으로 수업까지 하루 빼먹고 법정에 나온 터라 증인신문을 한 다음 수고했다는 말과 함께 열심히 공부하라는 공치사를 하고는 피고인에게 "뻔한 사실을 가지고 부인을 해서 학생까지 고생시킨 것이 아니냐."라고 나무랐다. 이것 때문에 피고인으로부터 재판장이 편견을 갖고 재판한다는 의심을 사서 진정을 받은 사실이 있었다. 당시는 어처구니없이 당한 것으로 생각했지만, 역시 재판에 임하는 사람으로서는 당사자에게 어떤 예단을 주거나 의심받을 언동을 삼가야 했다. 말이란 바르기만 하다고 좋은 것이 아니라, 합당한 말을 적절히 할 줄 알았어야 했기 때문이다.

재판을 받는 소송당사자의 심정은 예민하다. 법관의 언동 하나하나에 온 신경을 기울이고 있는 것이다. 법관이 자기가 신청한 증인을 신문할 때는 먼눈을 팔다가 상대방이 신청한 증인을 신문할 땐 열심히 메모하는 것을 보고는 혹시 상대방과 유착된 것이 아닌가 의심한다. 그런데 사실은 그 법관이 메모지에 열심히 낙서를 하고 있었다는 난센스도 있었다.

이러한 오해는 너무도 많다. 사건을 의뢰해 오는 분들이 재판의 공정성에 대하여 의심을 가지고 어디 부탁이라도 해서 소송을 유리하게 하는 방법이 없겠느냐는 상담을 해 올 땐 심한 곤혹을 느낀 적이 한두 번이 아니었다. 이러한 생각은 우리 사회에 널리 퍼지고 있는 불신풍조에서 연유된 것이 아닌가 싶다.

우리 사회에서는 전통적으로 법이란, 치자治者의 피치자被治者에 대한 통치수단으로 인식되어 왔다. 그래서 민중은 지배층에 의하여 의도적으로 갈갈이 찢기고 자기 보존과 자손의 생존을 위하여 철저한 이기주의利己主義와 배타주의排他主義가 작용하였다. 계속되는 외침과 불안정 때문에 바른 것, 나은 것보다 안정과 현상 유지에 급급하였다. 가난에서 빚어진 배금사상拜金思想은 돈에만 매달리게 만들었다.

근대화와 함께 형벌과 권력의 지배 도구가 아니라 개인의 자유평등과 계약의 상징으로 받아들여져야 할 법의 '이미지'가, 일제 식민통치의 권위주의로 인하여 다시 한 번 파괴되고, 해방과 더불어 한국 역사상 처음으로 민주주의를 실현해 보려는 민족의 의지는 그나마 경험의 부족으로 수많은 시행착오를 겪으면서 혼란을 거듭하였다.

독립투사라 하여 온 국민의 추앙을 받던 통치자는 국민의 신망을 배신한 채 독재로 줄달음쳤다. 불의를 타도하고 정의를 위하여 봉기하였다는 군사혁명의 지도자는 국민 앞에 선서한 민정이양의 약속을 저버리고 장기 집권을 꾀하였다. 줏대 없는 경제제일주의는 황금만능사상黃金萬能思想과 소위 권력형 부조리를 양산하는 결과를 낳았다. 그래서 법을 믿고 지키는 사람보다도 법을 지키지 아니하고 법을 적당히 이용하는 사람이 더 현명한 것으로 보였다. 법을 지키고 이웃을 믿다가 피해를 입고 어리석은 사람이라 조롱만 당한다. 그래서 누구도 믿을 수 없게 되었다. 이러한 생각은 재판이라고 예외일 수 없다.

최근 대법원장 비서관의 비리와 변호사를 포함한 사건브로커가 검거된 사건이 있었다. 이는 또 한 번 사법 정의의 실현에 먹칠을 한 꼴이 되었다. 법조계에 몸담고 있는 사람으로 부끄러운 마음 금할 길 없다.

그러나 내가 알기로는 대부분의 법관들이 어려운 여건 속에서도 사법정의의 실현을 위하여 고독한 투쟁을 하고 있다고 확신한다. 적어도 재판의 공정성만은 믿어도 좋을 것이다.

고사에 의심은 암괴巖塊를 낳는다고 한다. 어떤 사람이 도끼를 잃어버렸다. 누가 훔쳐갔다고 생각하니 아무래도 이웃집 아들이 의심스러웠다. 자기를 만났을 때의 태도도 슬슬 피하려는 모습이요, 안색과 말투도 불안해하는 것 같아 도끼를 훔친 사람은 필시 그놈이라고 생각되었다. 그런데 잃어버렸다는 그 도끼는 뒷날 산에 갔다가 자기가 산골짜기에다 두고 온 것으로 밝혀졌다. 도끼를 찾아 집에 돌아오는 길에 이웃집 아들을 만났는데, 이번에는 그의 거동이 조금도 수상쩍어 보이지 않았다는 것이다.

같은 내용의 우화寓話도 있다.

송宋나라에 부자가 있었다. 장맛비에 집의 토담이 무너졌을 때 아들이 그걸 보고 "빨리 담을 쌓지 않으면 도둑이 들겠습니다."라고 말했고, 이웃의 노인도 같은 말을 했다. 그런데 그날 밤 과연 도둑이 들어 재물을 훔쳐 갔다. 부잣집에서는 자기 아들에게 선견지명이 있다고 하고 이웃집 노인에게는 아무래도 수상하다는 혐의를 가졌다는 것이다.

모두 고사에 나오는 이야기들이다. 결국, 듣는 사람의 선입견 때문에 믿어도 될 일을 분별없이 의심하는 경우는 없는지, 사건 브로커에게 말려든 피해자는 그들을 믿어서 피해를 입은 것이 아니라 믿어도 될 법 적용과 법 집행을, 믿지 못해서 자조한 화는 아닐는지? 남을 의심하는 것만이 능사가 아니다. 내가 신의를 지킨다면 남도 신의를 지킬 것이라고 한번 믿어보자.

이 기회에 법을 제정하는 사람이나 법을 해석, 적용하는 사람이나 국민이 지킬 수 있는 법인가를 경건한 마음으로 다시 한 번 되돌아볼 필요가 있겠다.

다스리는 자도, 다스림을 받는 자도 아무런 특권과 차별 없이 법 앞에 평등하게 대접을 받고, 법이 바라는 자유와 평등과 정의가 실현되는 곳에, 진정한 믿음이 이루어질 것이다.

(1983. 2. 10. 매일춘추)

내 뒤를 쫓는 자

장자莊子가 사냥을 나갔다. 그는 이마를 스치고 밤나무 숲속으로 날아가는 까치를 향하여 활시위를 겨누었다.

그때 까치는 풀숲에 숨어 나무그늘에서 몸도 잊은 채 즐겁게 노래하는 매미를 잡으려는 사마귀를 쫓고 있었다. 사마귀는 매미를 잡으려고 까치가 오는 줄도 모르고, 까치는 사마귀를 잡으려는 생각뿐 사람이 노리는 것도 모르고 있다.

이를 본 장자는 "이익을 추구하면 뒤에는 해가 따르는구나. 욕심이란 참으로 두렵도다." 하고 활을 버렸다. 그런데 밤나무지기는 장자를 밤 도둑으로 오해하고 따라가며 욕을 했다고 한다.

장자의 이와 같은 풍자는 우리에게 너무도 많은 것을 느끼게 한다.

　천하를 호령하던 권세가가 4·19로 민중의 물결에 밀리어 형장의 이슬로 사라지는가 하면, 서민으로서는 감히 상상할 수 없었던 대기업이 지나친 과욕 탓인지 하루아침에 도산하여 경영자가 영어囹圄의 몸이 되는 꼴을 우리는 지켜보아 왔다.

　참으로 인생무상을 느끼게 하는 사건들이 우리 주위에서 끊임없이 일어나고 있다. 그럼에도 불구하고 우리는 너무도 권력지향적이고 황금만능의 사상에 젖어 있다. 출세를 하여 권력을 잡는 것이 곧 영달이요, 그것은 부의 축적과도 관련된다. 사람의 능력 평가도 축적한 재산으로 가늠하게끔 되었다.

　우리는 선인들로부터 그렇게 배운 것이 아니다. 적어도 윤리와 도덕은 우리 일상의 근본이었다. 벼슬이든 학문이든 인간이 된 연후에야 비로소 가능하다고 하였다.

　그래서 벼슬하는 것을 즐겨하지 아니하였으며, 선비가 가난한 것은 자랑은 될 수 없지만 허물이 되지도 않았다. 장자는 재상宰相의 자리를 주겠다는 초왕楚王의 청을 거절하면서 "천금의 돈은 큰 이득이요 경상卿相은 훌륭한 지위다. 그러나 제사 때 희생되는 소를 보라. 수년간 잘 기르고 고운 의복을 덮고 잘 먹이다가 제사 때가 되면 태묘太廟에 끌려 들어가지 않을 수 없다. 그때가 되어서 소와 같은 큰 짐승은 그만두고 살아있는 돼지라도 되었으면 소원하여도 이미 때는 늦었다. 초왕의 초빙도 이와 같다. 차라리 더러운 속에서 유희하며 스스로 쾌락快樂하기를 원하지, 나라를 가진 사람을 위하여 속박되고 싶지는 않겠다.”라고 하였다 한다.

물론 그가 무위자연無爲自然을 사랑하는 도인이기에 감히 범인이 흉내낼 수 없는 일이지만, 오랫동안 우리의 의식을 지배하여 온 유교사상에도 이와 같은 맥락은 얼마든지 찾아볼 수 있다.

가난하고 신분이 얕은 안회顔回가 벼슬은 생각도 않는다는 이야기를 들은 공자는 “분수를 아는 자는 욕심 때문에 스스로 누를 입지 않고, 스스로 얻는 자는 부귀와 벼슬을 잃을까 두려워하지 않으며, 자기 품행을 닦는 자는 지위가 없어도 거기에 기분이 끌리지 않는다.”라며 안회를 칭송하였다 한다.

인생의 궁극적 목적이 행복의 추구에 있음은 두말할 필요가 없다. 그런데 어떤 것이 행복한가 하는 것은 가치관의 차이일 수밖에 없다.

학자들은 이러한 가치관과 윤리관도 시대의 변천에 따라 개인에서부터 사회 중심으로 이행된다고 한다. 즉 우리가 알고 있듯이 이제 인류는 핵전쟁이나 세균 등으로 인해 전멸의 위기를 맞을 수도 있고, 인간은 유전형질 구조를 변형시킬 수도 있으며, 자동기계, 특히 기계인간을 조립할 수도 있다. 또한, 인간은 약물요법을 통해 인간성의 변화를 초래할 수도 있으며, 전기자극을 통해 뇌세포의 쾌감 부위를 자극할 수도 있다는 것이다. 그래서 인간은 지구를 관능의 지옥으로 만들 수도 있고, 야만적 전체주의를 건설할 수도 있다는 것이다.

그러나 인류가 어떤 미래를 선택할 것인가는 적어도 인간 스스로 결정할 문제이며, 사회구조와 제도에 따라 개인의 양심과 행위가 어떤 제약을 받는다 하더라도 통일된 하나의 가치관이나 생활양식이란 있을 수 없는 것이다.

그래서 공정하고 정당한 사회체계가 정립되게 하여, 그러한 배경 속에서 형성되고 허용되는 갖가지 삶의 양식과 다양한 가치관들은 서로 보전하는 관계에 있게 되며, 우리는 자신의 고유한 가치관을 지닌 채 다양하고 포괄적인 가치총체에도 참여, 향유하게 되어야 한다는 것이다. 요즈음 정부가 부르짖고 있는 정의 사회의 구현도 이와 같은 측면에서 인정되어야 할 줄 안다.

최근 상당수의 고급공무원들이 단죄를 받는 것을 보면서 착잡한 심정을 금할 길이 없다. 그것은 내가 지난날 공직에 있었다는 사정 때문만은 아니다.

다시 한 번 장자 산목편山木篇을 인용해 보자. 산속을 지나던 장자가 큰 나무 옆에 서 있는 나무꾼에게 왜 그 나무를 베지 않느냐고 물었다. 그랬더니 쓸모가 없어 베지 않는다는 것이다. 다음 날 친구 집에 갔더니 기러기를 잡아 대접했는데, 그때 그 집에 기

러기 두 마리가 있어 하나는 잘 울고 하나는 울지 못했다. 주인은
울지 못하는 기러기를 잡아 대접한 것이다.

큰 나무는 쓸모가 없어 목숨을 보전했는데, 기러기는 울지 못
해서 죽음을 당했다. 꼿꼿한 나무는 먼저 벌채되고, 물맛이 달면
그 물을 먼저 마신다고 한다.

범인으로 이와 같은 심오한 진리를 알기 어려우나, 자신을 허虛
하게 하고 때에 순응하며 몸을 온전히 하여 화를 면하자는 것으
로 생각된다.

장자의 뒤를 따라가는 밤나무지기의 뒤를 쫓는 자가 없다고
누가 단언할 수 있겠는가. 지금 이 순간에도 내가 남을 쫓고 있다
면 누군가가 또 내 뒤를 쫓고 있으리라.

(1983. 3. 12. 매일춘추)

청소년의 비행과 가정

　　최근 청소년의 비행은 양적으로나 질적으로 극히 우려할 상황에 있다. 비행청소년이 날로 증가하고 있을 뿐 아니라, 그 질에 있어서도 집단적으로 끔찍한 범행을 저지르는 경향이 높아지고 있는 것이다. 그래서 공갈·성폭력·강도 등 범죄의 반 가까이를 이들 청소년들이 차지한다. 왜 소년범은 날로 늘어만 가고 흉악해지는 것일까?

　　흔히들 인간은 환경의 소산이라고 한다. 형사학의 입장에서도, 인간은 스스로 결정하면서 다른 한편 환경에 의하여 결정되는 존재라는 명제命題가 일반적으로 긍정되고 있다. 특히 감수성이 예민한 청소년들은 생활환경에 따라 인격 형성이 달라진다.

필자가 법조계에 있을 당시 경험한 일이다. 겨우 14~15세 된 4명의 소년이 택시강도를 하다가 잡힌 사건이 있었다. 그들이 법정에서 진술한 범행의 동기는, TV 수사물을 보고 자신들도 그 주인공과 같이 멋있게(?) 한탕해 보자고 의논이 되었다는 것이다. 그들은 흉기를 준비하고 노끈도 휴대한 후 택시를 잡아타고 가다가 범행에 착수는 했지만, 그 수단이 너무도 유치하여 운전사에게 잡혔다.

이와 같은 사건이야 철없는 아이들의 모험이나 호기심에서 나온 짓이라 웃고 넘긴다 하더라도, 문명의 발달이 우리들 생활환경에 가져다준 변화는 막대하다.

대체로 문명의 발달은 급속한 공업화의 길을 열어 놓았고, 공업화에 따른 인구집중현상은 도시의 우범지역을 형성하기에 이른 것이다.

어느 학자는 도시 생태의 실상을 설명하면서 사람 간의 신체적 접촉은 빈번하면서도 사회적 접촉은 거리가 멀고, 감정적 정서적 유대가 없어 경쟁과 자기 이익의 추구 및 상호 착취의 정신으로 가득 차 있다고 했다.

따라서 인간관계가 비인간적이 되고 사무적이며 가족이나 친지의 영향이 줄어 사회규범이 해이해지며, 이러한 상태에서 인간의 품성은 순수성을 잃고 기교적으로 되고, 덕성에 대한 무관심은 범죄·비행·자살·부패·퇴폐적인 생활·정신도착 현상 등을 빚게 된다고 한다. 이와 같은 실상이 바로 비행·범죄의 동기로 나타나는 것이다.

청소년 범죄의 원인을 이와 같이 환경이란 입장에서 볼 때, 가장 중요한 곳이 가정이다. 정신분석학자들은 생후 6개월 내지 27개월 된 유아에게 젖을 먹일 때 어머니가 그 아이를 미워하는 표정을 하면 유아는 그것을 알아차리며 이것이 어린이가 자라나는 데 영향을 준다고 한다. 아이들은 부모를 모방함으로써 어른들로부터 칭찬을 받고자 한다는 것이다.

양심이라는 것은 부모들로부터 옳지 못한 짓을 하면 벌을 받는다는 경험에 의하여 형성된다. 착한 일을 했을 때 칭찬해 주고 나쁜 짓을 했을 때 벌을 주면 신체적인 고통보다도 어린이로서 가장 중요한 욕구인 사랑이 중단되지 않을까 염려한다는 것이다. 또 부모의 행동은 어린이에게는 항상 권위를 가지고 있기 때문에 부모의 도덕적인 규범에 합치되는 행동을 취하려고 한다는 것이다.

부모로부터 원만한 애정을 상실했을 때, 불충분한 감독, 편애 및 적절한 훈계가 없든가, 반대로 덮어놓고 간섭하거나 억누르고 견제만 하는 부모 밑에서는 인격은 정상의 발달을 못 하고 반사회성을 띠거나 비뚤어진 성격이 형성되거나 범죄를 통하여 불안과 억압을 해소시키려고 한다는 것이다. 이와 같은 비행소년을 우리는 자주 대하게 된다.

인간의 본성이 선이냐 악이냐 하는 것은 지금도 논란이 되고 있지만, 그들이 성장하는 동안 주위에서 받는 영향으로 그의 인격을 결정짓는 수가 많다는 사실은 부정할 수 없다. 그것도 가장 어린 시절이 그들의 인격 형성에 절대적인 영향을 미치는 시기라는 것을 우리는 잊어서는 안 된다.

2차 대전을 일으키고 수십만의 유대인을 학살한 히틀러는 어릴 때 주정뱅이 늙은 아버지에게서 충분한 애정을 받지 못하고 얻어맞기만 했다. 이것이 훗날 그의 잔학성을 형성한 원인이 되었다는 것은 널리 알려진 얘기다.

그러므로 부모와 자녀 사이는 항상 정서적이어야 하고, 때로는 필요한 훈련도 가하여야 하며, 부모는 그들의 친구요 지도자여야 한다는 것이다. 이와 같은 사정을 모르는 부모는 없을 것이다. 자식을 위하여서라면 맹모삼천지교孟母三遷之敎를 본받아, 좋은 주거환경으로 열 번이라도 이사할 용의가 있을 것이다.

그러나 경제적 환경이 이에 미치지 못할 경우가 문제이다. 실무상 경험해 본 바이지만, 비행청소년의 대부분이 빈곤한 가정에서 제대로 교육을 못 받은 경우이다. 어쩌면 그들은 자신의 과오를 뉘우치기 이전에 빈곤을 원망할는지 모른다.

비록 가난하기는 하지만 지금 당장 끼니를 굶을 그런 시대는 지났다. 가난해서 범죄를 저지른다는 것은 설명이 될 수 없다. 그런데도 범죄는 증가하고 더욱 포악해지고 있다. 이것은 상대적 빈곤 의식 때문이라 생각된다. 아무리 성실히 살아도 평생 빈곤에서 헤어날 수 없는 서민이야, 비합법적으로 치부하여 향락을 일삼고 있는 소위 상류사회를 질시하지 않을 수 없을 것이다.

인간은 결국 자기 속에 내재하는 이기적 감정을 극복할 수 없으며, 법과 적대할 이유가 없는 서민도 자기의 것을 상실한 때, 생존을 위하여 필요한 때, 주변의 상향된 생활양식을 모방할 때 범죄적 행위로 나아갈 수 있다는 것이다.

해방 이후 정치적 혼란과 독재정권의 부정·부패로 도의와 윤리는 땅에 떨어지고 70년대의 경제제일주의에 따른 급속한 공업화로 인하여 빈부의 격차는 더욱 심화되었으며, 물량주의적物量主義的 배금사상拜金思想이 보편화하여 우리 민족 고유의 가치관이 완전히 전도되었다.

빈곤과 악정은 범죄의 온상이라 한다. 비행청소년에 대한 일차적 책임이 가정에 있다 하더라도, 적어도 성실한 사람이 잘산다는 평범한 진리가 통용되는 사회적 풍토를 조성해줌으로써 모든 국민이 자발적으로 사회적 질서에 동조하게 될 것이다.

(1983. 1. 13. 매일신문)

우물쭈물하다가 이럴 줄 알았다

　　월전 모 일간지의 칼럼에서 버나드 쇼가 생전에 남
겼다는 묘비명墓碑銘을 읽고 혼자서 한참 웃은 적이 있다. 그 묘비
명이라는 것이 "우물쭈물하다가 내 이럴 줄 알았다."라는 것이었
다니, 생각하면 생각할수록 저절로 웃음이 나는 익살이다.

　그러나 우리는 버나드 쇼의 이 해학적인 묘비명에서 많은 것을
느끼게 된다. 어쩌면 삶의 참 의미가 무엇인가를 깨우쳐 주는 교
훈이리라.

　파스칼은 "나무는 자신의 비참을 모르지만 인간은 자신의 비
참을 안다. 자신의 비참을 안다는 것은 위대한 일이다."라고 하
였다.

사람은 어물어물 세상을 지내기에는 너무나 귀한 존재이다. 문제의식을 갖고 살아야 고귀한 삶을 살 수 있다. 자기 운명의 한계와 더불어 자기 지식의 한계를 모르면 어리석은 삶을 영위하게 된다.

그러나 현실은 정치적 부정, 경제적인 불안, 사회적인 불신 등여러 형태의 갈등 속에서 자아를 상실하고 방황하고 있다.

오늘날 우리 사회에 풍미하는 '잘살아 보자'는 그 '잘산다'는 의미는 무엇일까. 수단과 방법이야 어찌하든 높은 자리를 얻고 많은 돈을 모아 잘 입고 잘 먹고 편안하면 그만이라는 생각이 아닌가. 이와 같은 잘못된 생각은 추녀醜女가 서시西施의 찡그린 얼굴을 흉내내듯 너도 나도 권력과 금력을 향하여 줄달음치게 만들었다.

서시는 중국 위나라의 절세미인이었다. 서시가 어느 때 심한속앓이로 몹시 아파서 가슴을 누르며 걷고 있었다. 그 찡그린 얼굴을 보고도 사람들은 모두 그녀의 아름다움에 넋이 빠질 지경이었다. 아파 괴로워하는 모습까지도 이쁘고 귀여웠던 것이다.

그 마을에 못생기기로 소문이 난 추녀가 서시의 찡그린 얼굴을 보고는 자기도 일부러 가슴에 한 손을 대고 얼굴을 찡그리고 다녔다.

그러나 마을사람들이 서시를 보듯 좋아할 리가 없었다. 찡그린 그 여자의 얼굴을 차마 볼 수 없어 고개를 돌려버렸다는 것이다. 자기의 분수를 망각하고 남의 흉내만 내려는 사람을 풍자한 장자의 우화寓話이다.

삶이란 한정이 있고 인간은 종국적으로 죽기 마련이다. 시간은 한순간도 정지하지 않으며 출생이 곧 죽음의 시초라는 것이다.

시간은 주저하는 자를 끌어가고, 반항하는 자를 밀고 가며, 무의식의 상태에 있는 자는 싣고 간다고 한다.

인생은 벌써 시위를 떠나버린 화살과도 같다. 우리는 뜬구름 같은 이 인생의 삶을 어떻게 살아야 하는가.

오늘날 가난을 몰아내고 부를 쌓는 일을 지상목표로 삼은 덕분인지 그래도 우리는 물질적인 면에서는 풍요를 누리고 있다고 할 수 있다. 그러나 인간은 물질적 만족만으로는 행복할 수 없는 것이다. 겉으로는 호화스럽기 그지없지만, 속은 텅텅 빈 강정이고 보면 무엇을 기대하겠는가.

공자는 "적은 것을 근심하지 않고 고르지 못한 것을 걱정하며, 가난을 근심하지 않고 편안치 못함을 걱정한다."라고 하지 않았던가.

이제 인생의 중반을 넘어서 아직도 우물쭈물하고 있는 터이니 무엇을 어떻게 해야 할는지 초조하기만 하다. 출생에서 죽음에 이르는 과정이 인생이요 순간의 연속이라면 인생에 별개의 목적이 따로 있겠는가. 순간에 충실하고 자아에 충실함이 곧 생활인의 근본태도일 수밖에 없다.

노자老子를 문상 간 어느 도인이 있었다. 예에 따라 세 번 곡만 하고는 바로 나오는 것을 본 제자들이 이상히 생각하여 그 연유를 물었다. 대답인즉슨 "나도 그를 훌륭한 사람이라고 여기고 있었기에 진정에서 애도의 뜻을 표하려 했는데 조문을 하면서 보니 노인들과 청년들이 마치 자기 자식과 어버이를 잃은 듯 울고 있으니, 그는 많은 사람에게 정을 주고 있는 것이 된다. 이것은 천도天道에서 벗어나고 인간 본래의 진실을 배반하는 일이며 하늘에서 받은 본분을 망각한 것이라 아니할 수 없다."라고 말하고 "마침 이 세상을 떠난 것은 마땅히 받아야 할 운명에 순종한 것뿐이다. 하늘이 정해준 때에 안주하고 주어진 운명대로 따르고 있으면 슬픔이나 기쁨이 끼어들 틈이 없다."라고 했다. 이는 도가道家의 사상이지만, 어차피 운명을 거역할 수 없는 바에야 초조할 필요는 없다.

공자도 제자 유由를 불러서 네가 아는 것이 무엇이냐고 묻고, 아는 것을 안다 하고 모르는 것을 모른다 하는 것이 바로 아는 것이라 했다.

누가 나에게 생전에 묘비명을 지으라고 한다면 무어라고 해야 할지 생각이 나지 않는다. 그러나 우리는 역사의 거창한 흐름 속

에 물거품처럼 사라지는 이름 있는 사람들 중에서 생전의 영화에
비하여 많은 오욕을 무덤에까지 가지고 가는 것을 보아 왔다.

비록 이름 있는 묘비명은 남기지 못하더라도 우물쭈물하다가
욕까지 얻어먹는 무덤의 주인공만은 되지 않아야겠다. 우물쭈물
하다가 이럴 줄 알았다고 할 때, 이미 때는 늦은 것이다.

(1984. 3. 9. 매일신문)

이 난국을 사랑과 관용으로

많은 국민들이 정치 부재를 규탄하는 가운데 정기 국회가 열리고 있다.

우리에게는 지금 참으로 시급히 해결하지 않으면 안 될 문제가 산적해 있다.

5공 청산과 광주문제 해결을 둘러싼 정치권의 끝없는 논쟁, 경제의 침체와 노사의 갈등, 통일운동의 혼선과 몇 사람의 방북, 그리고 이에 대한 정부 당국의 대응, 참교육과 교원노조의 논란, 재야 세력과 일부 학원가의 뜨거운 이념투쟁 등 우리들을 불안하게 하는 요인이 한두 가지가 아니다.

도대체 우리 사회는 현재 어디로 가고 있는가. 우리는 이런 현상들이 민주화로 가는 과정에서 불가피하게 나타나는 과도기적 현상이기를 바란다. 제발 민주화는 물론 체제 자체의 존립마저도 위태롭게 만들지 모르는 위기의 징후가 아니기를 빈다.

사회적 혼란이 극심했던 춘추전국 시대의 한비자韓非子는 엄격한 법과 형벌에 의하여 어지러운 세상을 다스리려 했다. 이 같은 한비자의 법치사상은 순자의 성악설에 근원을 두고 있었다. 그의 생각으로는 사람의 행동은 모두가 이기적인 마음 바탕이 기본 동기가 되는 것으로 보았다. 한 자락의 무명이 아무도 보지 않는 길거리에 떨어져 있다면 이를 본 대부분의 사람들이 그것을 주워 갈 것이다. 그러나 뜨거운 불 속이나 모든 사람들이 보는 시장 한복판에 백 냥의 돈을 놓아두면 비록 그 시대의 대 도적盜賊이라도 이를 집어 가지 못한다. 그러니 사람이란 법을 어겨도 그 형벌이 대수롭지 않으면 쉽사리 죄를 짓게 되고, 형벌이 엄하면 그 이익이 크다 하더라도 감히 죄를 짓지 못한다. 그러므로 법으로 나라를 다스림에 있어서는 불처럼 뜨겁고 만인이 볼 수 있도록 공정한 형벌이 있어야 한다는 것이다.

그래서 양羊을 도적질한 아버지를 고발한 아들에 대하여 공자는, 아비는 자식을 위하여 숨기고 자식은 아비를 위하여 숨겨주며 그 숨겨주는 데에 의로움이 있다고 하였다. 한비자는 국가의 이익을 위하여 제정된 법은 어떠한 개인의 감정에 의하여서도 달라질 수 없는 것이라고 주장하면서 그러한 공자의 태도를 비판한다. 아버지와 아들 사이라 하더라도 서로 죄를 숨겨주다 보면 나라의 법이 무너진다. 법의 시행에는 부자간의 사랑이나 동정 같은 것은 개입되어서는 안 된다는 것이다.

한편 묵자墨子는 온 세상 사람들을 아울러 자기와 마찬가지로 남도 사랑해야 한다는 겸애를 주장하였다. 묵자의 생각으로는, 사람들이 자기와 남을 분별하는 의식을 지니고 있는 한 인류는 평화롭게 살기 어렵다고 했다. 묵자에 의하면, 남을 사랑할 줄 모르는 자기 위주의 사고방식에서 사회의 혼란은 물론 모든 전쟁까지도 일어난다는 것이다. 남의 집을 자기 집처럼 여긴다면 누가 도적질을 하겠는가. 남의 몸을 자기 몸처럼 여긴다면 누가 타인을 해치겠는가. 남의 집을 자기 집처럼 여긴다면 누가 어지럽히겠는가. 나의 나라를 자기 나라처럼 여긴다면 누가 공격하겠는가, 라고 반문하면서 겸애兼愛야말로 사회의 질서를 유지하는 규범이 됨을 강조하였다.

우리는 전통적으로 법보다는 예와 도덕적인 윤리규범을 더 존중하였다. 법적으로 모든 것을 해결하려는 것은 군자의 도가 아니라고 생각했다. 특히 법을 통치수단으로만 생각한 전제주의나 독재체제 아래서는 권위주의적이고 힘에 의한 정치로 인하여 국민의 인권은 무방비일 수밖에 없었다.

우리는 과거 수십 년간 힘의 논리가 지배하는 권위주의의 통치 아래 살아왔다. 이제 그 힘의 논리를 거부하고 합의의 논리를 추구하는 새로운 상황이 전개되고 있지만, 아직도 갈등과 혼란의 양상이 끊이지 않고 있다. 우리는 모든 기성의 권위를 무너뜨리고 낡은 질서를 바로잡아 새로운 질서와 가치관을 세우는 데 합의하지 않으면 안 된다.

우리는 힘의 상징인 헤라클레스보다도, 아내를 뺏기고도 덩실덩실 춤을 추며 도량을 보인 처용을 더 사랑한다. 헤라클레스의 모험과 투쟁은 어렵다. 그러나 인간이면 누구나 느끼게 될 질투와 불쾌감과 배신감을 참는다는 것은 더욱 어렵다. 분노가 치밀 때 원수의 가슴을 찌르는 것은 쉬운 일이다. 분노를 웃음으로, 폭력의 칼부림을 춤으로 다스릴 수만 있다면 그는 성자이다.

너무 법만 앞세워 문제를 해결하려 하지 말았으면 한다. 그것도 엄한 형벌로써 다스려지는 것이 아니다. 힘에 의한 정치, 권위주의적 사고방식을 거부한 지 이미 오래다. 아울러 구원舊怨에 얽매여 현실을 외면하는 어리석음을 저질러서도 아니 된다. 물론 5공의 유산은 결자해지結者解之의 원칙에 따라 마땅히 저들이 앞서 응어리를 풀어야 한다. 진실로 나라를 걱정한다면 지난 잘못은 훨훨 떨쳐버리고 머리를 맞대어 잘못된 과거가 반복되지 않도록 새로운 질서, 새로운 가치관의 정립을 위하여 힘을 모아야 한다.

우리는 남도 나처럼 사랑하고 남의 잘못을 처용처럼 관용하는 아량을 가져야 할 것이다. 그래서 역신이 스스로 감복하여 처용에게 무릎을 꿇은 것처럼 5공 청산도, 노사 갈등도 그렇게 해결되었으면 얼마나 좋으랴.

정치는 종합예술이라 하고 정치가 있는 곳에 자유와 인권이 있고 평등과 기회가 있다고 하지 않는가. 법은 지식과 논리를 요구하지만 정치는 지혜와 상식과 비논리성으로 특징지워진다고 한다. 그래서 정치는 대화로써 가치를 배분하는 일이라 했다.

제발 이 땅에도 대화의 정치가 이루어지고 사랑과 관용으로 이 난국을 해결해 주었으면 하는 마음 간절하다.

(1989. 10. 31. 영남시평)

윗물이 맑아야

　　　　한때 '지당장관'이란 유행어가 인구에 회자된 것을 누구나 기억할 것이다. 대통령의 말이라면 잘잘못을 가리지 못하고 지당한 말씀이라고만 하는 뼈대 없는 장관을 풍자한 유머이다. 어느 우익단체를 주도하고 있는 전직 모 장관은 어느 주간지와의 퇴직 인터뷰에서, 대통령에게 바른말로 진언하는 용기 있는 참모가 없음을 아쉬워하였다.

　　선진민주주의를 사랑하는 미국도 예외는 아닌가 보다. 미국에서 유행하는 정치 유머 중에도 '백악관의 예스맨'이란 말이 있다고 한다. 백악관의 장관 회의실에 들어간 사람들은 모두 심한 언어장애를 일으켜 '노'라는 말을 잊어버린다는 것이다. 그런 나라의 대통령도 어느 사이엔가 자기주장만 내세우는 귀머거리로 변해서일까. 대통령에게 제 의견을 당당히 내세우는 용기 있는 사람이 주위에 없어서일까. 하기야 통치권자의 비위를 상하게 하는 말을 자주 간했다가 미움이라도 사게 되는 날이면 상은커녕 지위마저도 보전하지 못할지 모른다. 옛말에 "왕은 간신이 간신일 줄 알면서도 믿지 않는다."고 하지 않는가. 윗사람 비위를 잘 맞추어 손해 볼 일 없는 것이 세상 인심인데, 목전의 영화를 버리고 바른말로 간한다는 것은 여간 모험이 아닐지도 모른다. 대통령 자신도 '지당장관'에게 둘러싸이다 보면 어느 사이엔가 충언을 하는 참모를 멀리하게 되고 권위만을 즐기게 된다.

위魏나라 문후가 중산中山을 토벌한 후 그 아들을 제후에 봉하고, 뭇 신하들을 모아 큰 잔치를 벌였다. 문후는 신하들에게 그가 어떤 군주인지 의견을 물었다. 모든 신하가 일제히 어진 임금이라고 칭송하였다. 그때 임좌任座라는 신하가 분연히 일어나 "임금님께서 중산을 얻어 동생을 제후로 봉하지 아니하고 아들을 제후로 봉하였으니 어찌 인군仁君이라 할 수 있으리까." 하고 바른말을 하였다. 문후는 크게 화를 내어 임좌를 자리에서 쫓아내고 적황翟璜이라는 신하에게 다시 물었다. 적황은 "인군입니다."라고 대답하였다. 문후는 그것을 어떻게 알았는가 하고 다그쳤다. 적황은 "임금이 어질면 그 신하가 곧다고 하였으니君仁則臣直, 지금

쫓겨난 임좌의 말이 모두 옳은지라 그로써 알게 되었습니다."라고 아뢰었다. 이에 문후는 크게 기뻐하며 적황으로 하여금 임좌를 불러오게 하고 친히 뜰 아래까지 내려가 임좌를 맞이하였다한다.

전제군주하의 조선조에도 국왕의 과실과 정령의 득실을 간언하는 관청으로 사헌부司憲府와 사간원司諫院이 있었다. 이 양사를 '태간'이라고도 부른다. 태간의 관직에 있는 자는 강력한 발언권을 가지고 정책과 인사에 관여하였고, 목숨을 겁내지 않고 지위를 가릴 것 없이 이를 규탄하고 국왕에 대하여도 두려워하지 않고 간하였다. 연산군은 자신의 방종을 간섭만 하는 사간원을 귀찮게 여겨 한때 폐지까지 한 적이 있었다.

우리는 영화 같은 데서 많은 관원이 일제히 궐문에 나아가 엎드려 국왕의 독선을 간청하는 광경을 보아왔다. 태간의 이러한 언론을 받아들이는 것은 군주의 덕목으로 되어 있었으며, 태간이 오래 간諫하는 바가 없으면 직무에 소홀하였다 하여 처벌하는 일까지 있었다 한다. 그렇게 하여 국왕의 독선을 막고 옳은 민의를 상주코자 하였다.

우리는 요순 시대를 태평성대의 요람으로 동경한다. 순임금은 남에게 묻기를 좋아하고 여러 의견을 잘 살려서 중도에 부합하는 도리를 찾아 백성에게 시행하였다. 그는 신하들에게 말했다.

"경들이여, 옆에 있으면서 나를 도와주오. 어려울 때 도와주는 사람이 참된 신하로다. 그대들과 같은 신하들은 짐의 팔다리요, 눈과 귀로다. 백성들을 돕고자 하니 힘써 도와달라. 내가 위엄을 온 천하에 떨치려 하거든 그대들이 대신해 달라. 나에게 어긋남이 있을 때에는 바로잡아 달라. 앞에서 순종하는 척하고 물러간 후에 이러쿵저러쿵 쓸데없는 소리를 할 것이 아니라 그 자리에서 직접 충고해 달라. 관리들은 백성들의 뜻을 전하는 것이 임무이니 올바른 이치를 세상에 크게 선양토록 할 것이며, 잘못을 뉘우치는 자가 있으면 받들어 등용하고 그렇지 않은 자에게는 철퇴를 가해 나라의 위엄을 보이도록 하라."

이와 같이 순임금은 신하들이 자신을 잘 보좌하여 제도와 형벌에 대해 힘써줄 것을 당부하였다.

이처럼 임금이 가장 가까이하며 신임하는 중신을 일컬어 다리와 팔뚝에 비길 만한 신하라 하여 고굉지신股肱之臣이라 이른다. "진실로 내 팔다리가 되어 줄 아랫사람은 윗사람이 순임금과 같은 마음의 자세를 가질 때 비로소 모여들 것이다."

일찍이 공자는 제濟의 경공景公에게 "임금은 임금다워야 하고, 신하는 신하다워야 하고, 아비는 아비다워야 하고, 자식은 자식다워야 한다."라고 매우 함축성 있는 말을 하였다. 그러면 임금이 임금답지 못할 때 신하는 어떻게 될까. 맹자는 "임금이 신하 보기를 손발같이 하시면 신하는 임금 보기를 자기의 배나 가슴처럼 하며, 임금이 신하 보기를 개나 말같이 하시면 신하는 임금 보기를 남처럼 하고, 임금이 신하 보기를 먼지나 지푸라기같이 하시면 신하는 임금 보기를 원수처럼 한다."라고 하였다.

나라가 어지러울 때일수록 어진 신하를 생각한다고 했다. 충성스러운 말은 귀에는 거슬리지만 이를 행하면 이롭다고도 했다.

민주주의 사회에서는 고굉지신이 따로 있을 수 없다. 우리는 누구나 국정에 대하여 의견을 개진할 수 있고 비판할 수도 있다. 또한 위정자는 어느 누구보다도 겸허하게 각계각층의 소리를 경청하여야 한다. 그리고 많은 전문가들 견해도 알고 있어야 할 것이다.

이제 격동의 80년대를 마감하면서, 우리나라의 지도자들이 민족과 역사 앞에 지니고 있는 책임은 막중하다. 5공 청산 문제가 여야 영수회담에서 합의되어 다행이기는 하나, 특정인의 퇴진이나 전직 대통령의 증언만으로 청산되는 것은 아니다. 우리가 진실로 바라는 5공 청산은 진정한 자유민주주의와 법치주의의 실현인 것이다. 윗물이 맑아야 아랫물이 맑아진다. 윗사람부터 제자리를 찾아 사랑이 넘치는 밝은 사회가 오기를 소망한다.

(1989. 12. 27. 영남일보)

주머니 속 송곳

　　민주주의의 풀뿌리라는 지방의회 의원 선거가 다가
오자 선거의 열기가 서서히 무르익어 가고 있다.

　그동안 우리는 허다한 불법과 타락 선거를 경험해 왔다. 이렇게
하여 우리의 손으로 뽑은 정치인들은 어떤 위치에 있는 것인가.

　지난해에 실시한 서울대학교 사회과학연구소의 설문조사에
서 가장 싫어하는 직종의 사람을 정치인이라 답한 응답자가 7할
을 차지했으며, 가장 부패한 집단으로도 역시 정치인을 꼽았다
한다. 최근의 각종 여론조사에도 국민의 7~8할이 지지할 정당이
없다고 했다는 결과가 나왔다.

　금품과 향응 공세에 현혹되고 혈연, 지연에 얽매여 붓대롱을

행사한 유권자로서야 당초부터 그들에게 도덕성을 기대하고 타락상을 비판할 처지가 아닌지도 모른다.

뜻있는 사람들은 민주주의의 뿌리를 내리느냐 못 내리느냐가 이번 선거에 달려 있다고 믿고 있다. 그래서 사회운동단체들로부터 시작하여 정부에 이르기까지 공정선거감시운동이 활발히 전개되고 있고, 이에 상당한 국민의 호응을 받고 있는 것이 사실이다.

돈을 쓰고 불법선거운동을 하는 사람은 반드시 낙선된다는 풍토를 만들어야 한다는 목소리가 높다. 땅 투기로 돈 벌어 과소비를 부채질하는 졸부나, 나 자신의 능력은 도외시한 채 정당 공천을 사려고 정당 우두머리나 찾아다니며 아첨하는 타락한 정치꾼, 행정관청을 드나들며 특혜를 타내기에 분주하던 그런 사람들에게는 절대로 표를 줄 수 없다는 각오도 대단하다.

우리가 지자제를 실시하고자 하는 것은 일정 주민들로 하여금 그들의 대표를 선출하도록 하여 그 대표들의 의사와 책임하에 그 지역주민의 공동관심사를 결정, 처리하자는 것이다. 그래서 지역의 특성을 살려 개발하고, 주민의 의사에 부합하는 행정을 해보자는 것이다.

주민의 대의기관인 지방의회 의원은 그래서 주민의 의사를 수렴하여 지방정책에 굴절 없이 반영하고 국민의 복리를 증진하는

데 헌신할 수 있는 성실하고 능력 있는 일꾼이어야 한다.

많은 유권자가 이번만은 어떠한 향응이나 금전 공세도 물리치고 불법 타락 선거에 의연히 대처하겠다는 각오를 했다 하더라도, 과연 우리가 바라는 인재를 찾을 수 있을지 하는 의문이 앞선다.

이미 신문에 보도된 예상 후보자들의 면면을 살피면서 주민들은 어떤 생각을 하고 있을까. 과연 이 정도의 후보자라면 하고 쉽게 낙점할 수 있는 사람을 찾을 수 있을까. 오히려 마음 놓고 표를 던져도 되겠다는 사람보다도 '이런 사람은 표를 줄 수 없다'는 유형에 속하는 사람들이어서 표 찍을 곳이 없다고 생각하는 사람은 없을까. 더구나 이들 중 광역의회 의원 후보자는 또 정당의 공천이란 관문을 통과하여야 선거운동에 유리할 것이다.

그런데 상당한 주민들이 정당의 공천을 부정적인 시각으로 보고 있다. 당해 지구당 위원장인 국회의원이 절대로 자기보다 더 똑똑하고 출중한 인재를 추천하지 않으리라는 것이다. 그 이유는 그러한 인재를 시·도의원으로 키웠다가는 후일 자기의 라이벌이 될 터인데 범 새끼를 키우는 일은 하지 않을 것이라는 이야기다. 또 정당 공천을 희망하는 상당한 사람이 그 자신의 인품으로서는 무소속으로 입후보해서는 도저히 당선될 가망이 없으니 정당의 힘을 업고 입후보하려고 모든 수단과 방법을 동원하고 있다는 것이다.

심지어 어떤 정당의 대표자까지 지방자치제에서 비례대표제가 정치자금 수집 때문에 필요하다고 했다니, 정당 공천에서 훌륭한 인품을 가진 각계각층의 덕망 있는 지도자를 공천하기보다는 오히려 돈 보따리를 싸 가지고 다니는 졸부나 자기의 보스에게 맹종하는 소신 없는 정치꾼이 공천을 받지 않을까 하는 걱정이 앞선다.

만일 정당의 공천에 훌륭한 인재를 등용하지 못하고 불법 타락 선거가 전처럼 자행된다면, 진실로 주민들이 바라는 덕망 있고 학처럼 고고한 인재가 이전투구의 선거장에 뛰어들어 그들과 어울려 힘을 겨루려 하진 않을 것이다. 유권자 역시 후보자가 모두 그 나물에 그 밥이라 생각하고 누가 되어 보아야 별 볼일 없다고 생각한다면 싫지 않은 향응과 금품 공세를 적당히 받으면서 아무에게나 표를 던져 버리지 않는다고 누가 장담할 수 있겠는가.

정부의 공명선거에 대한 의지도 중요하고 국민의 선거 의식도 중요하지만 정당의 공천 역시 무시할 수는 없다.

진실로 훌륭한 인물이 선거를 기피하지 않고 흔쾌히 유권자의 심판을 받을 수 있고, 유권자가 인재난 때문에 고민하지 않고 후보자를 선택할 수 있는 그런 풍토가 조성되어 주었으면 하는 심정 간절하다.

주머니 속에 든 송곳은 그 끝이 뾰족하여 쉽게 주머니를 뚫고 나오는 법이다. 포부와 역량이 있는 사람은 많은 사람 중에 섞여 있을지라도 쉽게 남의 눈에 드러나기 마련이다.

참으로 우리에게 필요한 사람은 낭중지추囊中之錐와 같은 인품의 소유자이다. 이번 선거에만은 꼭 그런 사람을 잘 살펴보았으면 한다.

(1991. 1. 29. 대구일보 아침시론)

　　새해에는 밝고 희망찬 한 해가 되기를 소망했건만 걸프전쟁으로 온 세계가 어수선한 가운데 예·체능계 입시 부정과 국회의원 뇌물 외유사건으로 우리를 경악게 하더니 급기야 수서택지 특별분양사건으로 이제 막다른 골목까지 다다른 것 같은 절박감에 빠진다. 도대체 우리는 지금 어디까지 온 것일까.

　이제 국회도, 대학도, 그 아무것도 믿을 수가 없게 되었다. 사회 지도층 중의 지도층이 이 모양이니 어떻게 이 사회가 맑아지기를 기대할 수 있겠는가.

　호사가들은 수서택지 특별분양사건이야말로 정·경·관이 합작한 부정의 종합예술이라고 빈정대기도 한다. 우리 정치권의 품위가 어쩌다 이처럼 형편없이 땅에 떨어져 버렸는가. 국회의원은 국민을 대신해서 법을 만들고 국정을 감시하고 정사를 다루는 분들이다. 그러기에 회기 중에는 불체포특권과 면책특권, 그 밖의 권위와 특권을 부여받고 있는 선택된 사람으로 우리는 존경하고자 한다. 때문에 법은 의원들에게 청렴의 의무, 이권 개입 금지 의무를 부과하여 사리를 버리고 국민 전체의 이익을 위해 봉사하고, 진정한 민의의 대변자로서 충실한 역할을 다해 줄 것을 기대한다.

이러한 막중한 소임과 국민의 여망을 저버린 채 일신의 영달이나 이익을 위하여 비리와 이권을 탐했다는 것은 주민에 대한 중대한 배신이요 맑고 깨끗한 정치풍토를 바라는 전체 국민을 우롱하는 처사가 아닐 수 없다. 이러한 비난의 목소리를 그들은 듣고 있는지 한번 묻고 싶다.

물론 그들에게도 할 말은 있을 것이다. 어느 의원의 말처럼 그것이 어제 오늘 일어난 새삼스러운 일도 아니요, 지금까지 해온 관행이라고 할는지 모른다. 그 이전투구의 선거에서 용하게도 승리한 것을 생각하면 목에 힘도 줘 보고 재미도 좀 보고 싶을 것이다. 또 2년 후의 선거를 생각하면 지금과 같은 선거풍토에서 주머니 사정도 걱정할 만하다.

그런 이유 때문에 관행이란 이름으로 용서되거나 허용될 수는 없다. 그것은 잘못된 관행이요 악습이기 때문이다. 그렇잖아도 지금의 국회의원은 뇌물 외유나 수사 의혹에 얽힌 비리가 아니라도 그 신뢰가 형편없이 실추되고 국민으로부터 경멸과 분노의 대상이 된 지 오래다.

이제 우리는 그들만을 탓하기에는 너무도 지쳤다. 그들에게 우리의 운명을 맡기고 기다릴 겨를이 없다. 얼마나 많은 시련을 겪으면서 얻은 6·29민주화 선언인가. 모처럼의 경제성장도 위기를 맞이하였다 한다. 아무리 경제의 물질적 조건이 완벽해도 그것을 다루는 국민적 자질의 성숙이 없으면 그 경제는 사상누각과 같다고들 한다.

민주화의 과정에서 과도한 노동쟁의로 기업가들은 투자 의욕을 잃고 근로자들은 노동할 생각이 식어가고 있다. 인플레이션의 조짐이 보이고 외채 부담이 늘고 있어 우리 국민이 과연 5천 불 소득의 경제나마 꾸려 갈 자질이 있는 것인지 걱정하는 목소리가 없는 바 아니다.

그러나 우리는 결코 이대로 좌절할 수는 없다. 지금이야말로 우리 국민의 성숙된 의식을 보여줄 때다.

어느 나라, 어느 민족에게도 시련과 도전은 있게 마련이다. 우리가 지금 겪는 어려움들이라 해서 우리 민족만이 겪는 고유한 어떤 것은 결코 아니다.

에너지 정책의 하나로 시작한 자동차 10부제 운행 제도에서 우리는 그야말로 성숙된 시민의식을 유감없이 발휘하였다. 총리도 10부제 운용에 호응하여 걸어서 출근했다는 소식이 들린다.

지금은 세상이 달라졌다. 이제는 부총리 승용차에도 주차위반 딱지를 붙이는 세상이다. 옛날에는 당연하게 알아왔던 세도가들의 예외와 특권들이 더 이상 용납되지 않는 사회가 된 것이다.

그동안 권위주의 통치 아래에서 정치지도자들은 국민 위에 군림하면서 국민을 통제하고 지배하는 데 익숙해져 있었고, 그러한 힘의 행사를 당연한 것으로 알아왔다. 그리고 국민은 국민대로 무소불위無所不爲의 권력과 고압적인 안보 논리에 억눌려 그와 같은 통치방식에 대한 신민臣民적 순응에 체질화되어 왔다. 그러나 권위주의를 청산해야 할 지금, 특권층의 비리라 하여 예외일 수는 없다.

따지고 보면 새해 들어 잇달아 터지고 있는 정치적 비리들은 결코 우연히 생겨난 사건이 아니다. 그것은 우리 사회의 권력구조의 변화를 알려주는 신호탄이요, 권위주의의 조종弔鐘이라 할 수 있는 것이다. 우리는 이 불행한 사태를 전화위복의 계기로 삼아야 한다. 꽃이 지면 열매를 맺는 법이요, 거울이 깨질 때는 큰 소리를 내기 마련이다. 권위주의를 장사지내고 시민의 권리를 찾는 판에 그만한 진통이야 없겠는가. 비 온 뒤에 땅은 더욱 굳어질 것이다.

부정과 부패가 곪을 대로 곪아 터진 마당에 근본적인 치유 없이 미봉책으로는 안 된다. 참으로 불신을 씻고자 한다면 국민 앞에 한 점 숨김 없는 진실을 밝혀주기 바란다. 적어도 정치인들은 깊은 반성과 함께 뼈를 깎는 고통을 감수하더라도 정치풍토의 쇄신에 흔쾌히 스스로를 바쳐주기 바란다. 그리하여 이번 사건이 정치개혁과 자정自淨의 마지막 계기가 되었으면 하는 마음 간절하다.

(1991. 2. 19. 대구일보 아침시론)

재판의 권위

       변호사를 개업하고 처음 법정에 서서 느낀 감정은 재판장의 자리가 그렇게 높고 멀어 보일 수가 없었다는 점이다. 이런 감정은 비단 나만이 느끼는 감정은 아닐 것이다.

  개정 시간이 되어 검은 법복을 입은 재판장이 근엄한 자세로 법정에 들어오면, 정리는 소송당사자들에게 "잠깐 일어서 주세요." 하고 구령한다. 황급히 일어났다가 재판장이 착석하기를 기다려 자리에 앉으면서 저절로 숙연한 감정에 젖는다. 위에서 보던 법정과 밑에서 보는 법정이 이렇게나 다르게 느껴질 수 있을까.

  법정에서는 심리를 방해하는 행위는 물론 재판의 권위에 손상이 가는 행위도 제지당한다. 법정에서 신문을 보거나 다리를 꼬고 앉거나, 졸다가는 정리로부터 주의를 듣게 된다.

법정의 질서 유지는 재판장이 이를 행한다. 법원조직법에는 재판장은 법정의 존엄과 질서를 해할 우려가 있는 자의 입정을 금지 또는 퇴정을 명하며, 기타 법정의 질서 유지에 필요한 명령을 할 수 있고, 법정 내외에서 위와 같은 명령에 위반하는 행위를 하거나 폭언, 소란 등의 행위로 법원의 심리를 방해 또는 재판의 위신을 현저히 훼손한 자에 대하여는 직권으로 감치監置하거나 과태료를 병과倂科할 수 있도록 규정하고 있다.

확실히 재판장은 법정에서의 화려한 주연배우임에 틀림없다. 그의 연기 여하에 따라 관객을 울릴 수도, 웃길 수도 있는 것이다.

신이 하늘에 있다고 믿듯이 높은 것은 언제나 권위의 상징이다. 높은 자리에 검은 법복은 법관의 위신을 높여주는 데 안성맞춤이다.

도대체 권위니 위신이니 하는 것이 무엇일까. 본래 위신이라는 말은 미망을 의미하는 용어에서 유래되었다 한다. 속임수를 써서 관중의 갈채를 받는 요술사라는 의미의 말과 어원을 같이한다고 한다. 위신에는 원래 사술적이고 비합리성이 붙어 다니는지도 모른다. 그리고 보면 재판의 권위와 법원의 위신이 비합리주의 위에 싹을 내릴 수는 없을 것이다.

법원은 스스로 국민이 납득할 수 있는 재판을 함으로써 일반 국민이 법원의 판결을 신뢰하고 법관을 존경할 때 비로소 재판의 권위와 법원의 위신은 서게 될 것이다.

법원이 위신을 지킨다는 명목으로 침묵을 강제한다면 이유 여하를 불문하고 국민이 법관에 대하여 존경을 가지기는커녕 오히려 의혹과 반감만 조장하게 될 것이며, 권위와 위신을 사법의 본질로 생각하는 법관이 많을수록 국민은 법원으로부터 더욱 멀어질 뿐이다.

근자에 법정에서 재판을 거부하고 소란을 자행하는 사태가 일어났다. 법원의 권위와 위신이 왜 이 지경이 되었는지, 그들을 탓하기에 앞서 사법부 자체에 문제는 없는지 다시 한 번 음미해 봄직하다.

재판의 이상은 공정한 판결과 신속한 재판이다. 재판의 내용이 적정하지 못하다면 법원이 권위를 잃을 수밖에 없다. 재판은 법률에 기반하여 행하여지기 때문에 법 그 자체가 올바른 것이 아니면 안 된다. 지난날 허다한 민주인사가 긴급조치법이란 악법의 위반으로 단죄되었다. 이와 같은 수다한 사건들은 결국 법원의 권위에 먹칠을 하였고, 지금의 소요와 전혀 무관하지 않으리라 본다. 세법과 같이 너무 어려워 전문가가 아닌 시민들이 이를 이해하지 못해 손해를 보게 되는 경우가 있고, 또 법 자체가 국민의 감정과 달라 지키기를 기대하기가 어렵다. 예를 들면 선거의 법정 비용을 지나치게 적은 액수로 제한하는 것 등도 이 법을 해석, 적용하는 법원의 권위를 훼손하는 요인이 되지 않을 수 없다. 그런 의미에서 악법은 하루 빨리 개선되어야 한다.

우리 국민은 진실을 사랑한다. 법원의 판결에 의하여 사필귀정이 판가름나기를 믿고 있다. 법원이야말로 정의의 부府이기를 바라는 것이다.

그런데 민사재판은 당사자주의에 바탕을 두고 있다. 법원은 심판기관으로서 당사자의 주장과 증거에 의하여 사실을 인정하고 판결을 하면 그만이다. 그러나 우리의 현실은 본인소송도 많고 당사자의 능력에도 차이가 있어서 주장과 증거를 제대로 법원에 조명하지 못하여 실체적 진실의 발견이 외면당하는 일이 없다고 할 수 없다. 이 같은 당사자주의를 보충하기 위하여 법원에 석명의무釋明義務를 과하고 있기는 하나, 결국 진실 발견의 주역은 당사자이기 때문에 당사자에게 기대할 수밖에 없다. 지금 우리의 법정에서는 우려할 정도로 위증이 많다는 사실이 문제로 지적된다. 이를 탄핵하기 위하여는 전문가의 유효적절한 반대신문에 의하여 이를 밝히지 않으면 안 된다. 그런 의미에서 변호사강제주의가 논의되고 있는 것이다.

그동안 법정을 출입하면서 재판장이 사전에 쟁점을 정리하여 적절히 석명권을 행사하고 물 흐르듯 매끄럽게 재판을 진행하는 것을 보면 저절로 존경심이 생긴다. 재판장이 하찮은 일에 화를 내거나 피고인과 입씨름을 하고 사뭇 고압적인 자세만으로 재판에 임한다면 누가 그 권위에 복종하려 하겠는가.

권위는 복종하는 사람의 마음에서 스스로 우러나와야 한다. 권위 있는 재판이기 위해서는 법원이 재판의 신뢰를 회복하려는 데 노력하고, 법원 스스로가 권위주의 사고를 버리는 것이 그 지름길이 될 것이다.

(1991. 4. 23. 대구일보 아침시론)

아호

유가儒家에서는 사람의 이름을 소중히 여겨 함부로 본이름을 부르기를 꺼려 왔다. 그래서 흔히 장가든 뒤에 본이름 외에 자字라는 것을 지어 사용했다. 또한 시·문·서화 등에 작가의 본이름 대신 아호라는 것을 쓴다. 아호는 원래 중국에서 서재나 주거, 출생지 등에 연유하여 붙인 이름을 작가가 별명으로 시·문이나 서화 등 작품의 서명에 쓴 것이 우리나라에 들어와 학자, 문인, 서예가, 화가들 사이에 유행하게 되었다 한다.

뜻도 모르고 나도 아호 하나 지어보자고 생각한 것은 10대 때의 일이다. 당시 우남 이승만, 해공 신익희 등 거물 정치인들의 아호가 신문지상을 장식하던 때라 유명인사가 되려면 아호라도 있어야겠다는 꿈이었던지, 내 이름의 발음이 별로 좋지 않아서였던지 모르겠다. 하여튼 그때 내 소꿉친구였던 삼종형과 아호를 짓자고 의논이 되었다. 온갖 궁리 끝에 형은 '청온清溫', 나는 '청원清源'으로 작호를 하였다. 그렇게 작호한 데는 나름대로 연유가 있다.

어릴 때부터 파조派朝이신 청제清濟 할아버지의 이야기를 자주 들어오던 터이다. 이 어른은 단종 때 예조정랑禮曹正郎의 벼슬을 하셨고, 사육신과 더불어 단종 복위를 도모하다가 마침 사신으로 중국에 가신 사이에 육신의 참화를 듣고 스스로 자진自盡하셨다 한다. 뒤에 이 사실이 알려져 고고한 충절이 사육신에 뒤지지 않는다貞忠高節不下六臣 하여 나라에서 '충정공忠貞公'이란 시호諡號를 내리셨다고 한다.

아마도 충절을 중히 여기신 어른들이 자손들에게 긍지를 심어 주려고 자주 이야기해 주셨고, 어린 나이에 쉽게 감화되어 우리는 청제 할아버지를 은연중 흠모하여 왔다. 그래서 청제 할아버지의 청清 자를 따라서 청온清溫이니 청원清源이니 하고 작호하게 된 것이다. 지금 생각해도 얼굴이 붉어지고 쓴웃음을 나게 하는 철부지의 짓이었지만 그래도 젊은 날의 꿈이었는데, 그 뒤 청원清源은 한 번 행세할 수도, 행세한 바도 없어 끝내 빛을 보지 못하고 말았다.

70년대 초 서예를 배운답시고 우연히 봉강서실鳳岡書室에 출입한 적이 있다. 어느 해 봄인가, 그 서실에서 회원전을 가지게 되어 주위의 강권에 못 이겨 부끄러움을 무릅쓰고 졸작을 출품하게 되었다.

나에게도 아호를 한 번 사용할 절호의 기회가 온 것이다. 그러나 차마 자작한 청원淸源을 아호라고 쓸 수도 없어서 망설이고 있는데, 당시 서예를 가르치시던 소헌素軒 김만호 선생께서 작호를 해 주셨다. 논어論語에 '송사를 처리하는 것은 남에게 지지 않지만 송사가 없는 일만 못하다聽訟 吾猶人也 必也使無訟乎'라는 구절이 있다. 재판을 잘하는 것보다는 분쟁이 처음부터 안 일어나도록 하는 것이 중요함을 강조한 말이다. 위의 글귀에서 '유猶' 자를 따고 할아버지의 아호 지헌芝軒에서 '헌軒' 자를 빌려서 '유헌猶軒'이라 작호해 주셨다. 이것이 누가 물으면 내가 서슴없이 내놓는 아호이다. 사실 이 유헌도 단 한 번 전시회 때 사용했을 뿐 그 후 또다시 실종당할 뻔했는데, 변호사 개업을 하고 로터리클럽에 입회하면서 비로소 남이 불러주는 아호가 된 셈이다.

작호를 받을 때는 법원에 몸담고 있을 때이다. 작호해 주신 그분의 참뜻은 무엇인지 모르나, '시비곡직을 바르게 판단했다고만 자부하지 말라.' 그보다는 '왜 그와 같은 송사가 일어나는가' 하는 원인을 규명해 보라고 충고하신 뜻으로 나는 새겨왔다.

범죄는 날로 증가하고 흉포화하며 송사는 늘어나기만 한다. 돈 몇 푼 때문에 일가족을 암매장하고 티 없이 맑은 청순한 어린

이를 유괴 살해한 저 끔찍한 사건은 무엇으로 설명하여야 하는가. 땅값이 오르자 심지어 부자, 형제 사이에까지 끊이지 않는 송사는 과연 법원의 명석한 판결만으로 그 근본적인 문제가 해결될 것인가. 이 모두가 황금만능주의에 눈이 먼 나머지 인간성을 상실한 결과라고 개탄한다. 그와 같은 사회 여건이 조성된 데는 우리 모두에게 책임이 있다고 자성하면서도 결자해지結者解之의 마음가짐은 소극적이다.

솔직히 말해서 내 스스로도 재판에 임하면서 판결을 하는 법관으로서는 올바른 판단만 하면 된다고 믿었고, 사실 그것만으로 족할지 모른다. 원인을 규명하여 처방까지 하기란 너무도 힘에 겨운 일임에 틀림없다.

변호사를 개업하면서, 과연 나 같은 사람에게 사건을 위임하는 소송 당사자가 얼마나 될까. 나만 태산같이 믿고 있는 철없는 처자식에게 불행을 주지나 않을까 불안하기 짝이 없었다. 다행히 남들로부터 성업이라는 평도 받아왔다.

인간이 사회생활을 하는 데 분쟁이 없을 수 없다. 인간의 질병을 미리 치료하기 위하여 예방의학이 필요하듯이, 범죄와 분쟁의 예방을 위해서 우리들 법조인이 해야 할 일도 얼마든지 있는 것이다.

아마도 유헌猶軒의 참뜻은 그런 의미일 터인데, 아직도 제 이름값을 못 하고 있으니 어찌 부끄럽지 아니하랴.

(1991. 4. 2. 대구일보 아침시론)

우리의 소망

        남북 고위급회담의 성립을 계기로 갑자기 비정치분
야에서 남과 북의 접촉과 교류가 활발해져 통일에 대한 우리의
소망이 열기를 더해가고 있다.
  아시안게임에서 북측은 2천여 명의 조직적인 응원단을 파견하
여 전례 없이 유연하고 적극적인 자세로 남측 선수단, 응원단과
어울려 남북응원단이 남과 북을 가리지 않고 공동으로 응원을
펼쳤다. 이렇게 응어리진 우리의 가슴을 뭉클하게 하더니, 급기
야는 남북통일축구가 평양과 서울에서 번갈아 가며 개최되었다.
  그쯤에 뉴욕에서는 남북의 영화인들이 한자리에 모여 남북영
화제를 열었고, 이른바 범민족통일음악회와 통일민속음악회가

평양과 서울에서 펼쳐졌다.

서울의 통일민속음악회에 참가한 남과 북의 음악인이 손에 손 잡고 "우리의 소원은 통일"이라 합창할 때 관중까지 어울려 목이 터져라 '우리의 소원'을 합창하는 광경을 보고 이제 통일은 구호 만이 아닌 현실로 다가오고 있구나, 하는 감격을 느끼게 했다. 더 욱이 남과 북에 혈육을 둔 이산가족의 심정이야 어떠했겠는가. 북경에서 그처럼 신들린 것처럼 공동 응원에 동참하고 평양 순 안비행장에서 남측 선수단들을 무동 태우는가 하면, 판문점에서 수백 명의 인파가 남측의 음악인들을 열렬히 환송하는 엄청난 광경을 보면서 '아, 북한도 이제 무언가 변화해가고 있구나.' 하 고 기대했다. 그런데 남북고위급회담에 참가하기 위하여 평양에 간 우리 대표단 일행에 대해서는 아예 아는 체도 하지 않고 냉대 를 했다는 것이다. 어느 곳에 가나 우리와 만난 북의 남녀노소가 한 소리로 "우리의 소원은 통일"이라며 눈물을 흘리면서 광기까 지 부리던 것이 북측의 조직적인 연출에 의한 것이란 말인가. 참 으로 우리를 슬프게 하는 일이다.

우리는 통일을 서두르기만 한다고 되는 것이 아니라는 것도 안다. 우리가 모르는 많은 난제가 도사리고 있으리라는 것도 짐 작 못 하는 바 아니다. 통일민속음악회의 무대에서, 관람석에서 남과 북의 동포들이 손에 손잡고 '우리의 소원'을 합창한 것은 누구의 연출에 의한 것이 아니다. 북의 가락이나 남의 노래가 모두 우리 민족과 애환을 같이해 온 가락이요 노래요 숨결이다. 무대가 따로 없고 객석이 따로일 수 없다. 우리는 미우나 고우나 한 핏줄, 한민족이기 때문에 통일되어야 한다. 통일민속음악회야말로 이를 새삼 확인해 준 셈이다. 쌍방 당국자는 이 같은 통일의 열기를 새기면서 좀 더 진지하고 성의 있는 대화로 새해에는 꼭 통일의 기틀을 마련해 주었으면 하는 마음 간절하다.

또 하나, 지난 한 해 동안 우리를 크게 실망시킨 것 중의 하나가 정치권이라는 데 별 이의가 없을 줄 안다. 연초 3당 통합 때만 해도 두 야당은 지난 선거에서 견제세력으로 투표한 유권자의 뜻을 배신한 행위라고 비판하는 여론이 없지 않았으나, 그래도 상당수의 국민은 통합선언에 대한 기대가 컸었다. 여소야대에서 못다 한 민주화를 위한 개혁조치들을 효과적으로 수행할 수 있고 정국이 안정될지 모른다는 희망이 있었기 때문이다.

그러나 이러한 기대와 희망은 점점 실망으로 변해갔다. 반목과 갈등으로 극한적인 대립을 하던 여야는 법안의 날치기 통과, 의원직 사퇴 결의라는 파행으로 치달았다. 한편 집권당은 소위 내각책임제 개헌합의각서의 유출로 꼴불견의 집안싸움을 연출하였다. 국민 상당수가 이러한 여야의 대립과 투쟁이 농비도 안 되는 배춧값 때문에 스스로 목숨을 끊는 농민이나 소외계층, 더 나아가 국민을 위한 것이 아니라 차기 대권주자들이 자신들의 정치적 야심을 달성하기 위하여 권모술수를 동원하고, 정치한다는 사람들이 이러한 정치적 지도자들에게 맹목적으로 충성을 다하기 때문이라고 믿고 있다.

그들의 세비 인상과 외유에는 잘도 짝짜꿍이 되었던 것처럼, 새해에는 수다한 민생문제도 진정 정치적 원칙과 정책에 기반을 둔 대화와 타협으로 우리에게 새로운 희망을 주기 바란다.

욕심을 내어 한 가지 소망을 더 보태어 보자. 한 나라의 대통령이 '범죄와의 전쟁'을 선포해야 할 정도로 범죄는 날로 늘어나고 그 수법 또한 잔인하고 흉포해졌다. 정부 관련 부처는 강력범죄에 대해 강력히 대처하겠다고 의지를 표명하고 있지만, 엄벌만으로 해결될 문제가 아니다.

병이 증상의 치료만으로 되는 것이 아니라 그 원인을 규명하여 치료하여야 하는 것처럼, 범죄도 그 발생의 원인을 규명하여 그 소지를 방지해야 한다. 대부분의 사람들은 그 원인 중의 하나가 물질문명의 발달로 황금만능사상이 팽배하여 가치관이 전도되었기 때문이라고들 말한다. 천하를 맡으라는 이야기를 듣고 못 들을 말을 들었다 하여 강물에 귀를 씻었다는 허유許由의 이야기나, 안빈낙도安貧樂道하는 안회顔回를 칭송하던 우리의 정신은 어디에 갔는가. 이제 우리는 제정신을 찾아야 할 때다. 많은 재물을 가지고 높은 지위에 있으면서도 존경은커녕 빈축을 사고 원성의 대상이 되는 것보다는 "나물 먹고 물 마시고 팔을 베고 누웠으니 대장부 살림살이 이만하면 자족하다."던 선인들의 정신을 새해에는 꼭 찾아야겠다.

그래서 범죄와의 전쟁이 성공적으로 마무리되었으면 싶다. 이 모두의 우리들 소망이 꼭 이루어지기를 간절히 바란다.

(1991. 1. 8. 대구일보 아침시론)

남산의 멋

한말 어느 대신이 땀을 뻘뻘 흘리며 열심히 테니스를 즐기는 외국 사신에게, 그렇게 힘든 일은 하인에게나 시킬 일이지 몸소 고생을 하느냐고 위로했다는 말이 있다.

뇌성벽력이 치고 폭우가 쏟아져도 군자의 걸음걸이는 흐트러져서는 아니 된다는 것이 양반의 체면이고 보면, 반라半裸의 몸으로 공을 좇아 이리 뛰고 저리 뛰고 하는 꼴이 경거망동스럽고 아랫것들이나 하는 짓이라 보았을까.

성인도 시속을 외면할 수 없었다.

테니스. 새하얀 반바지에 티셔츠, 모자와 운동화까지도 순백의 유니폼이다. 공을 좇아 코트를 누비는 남녀는 한 쌍의 나비요, 환상의 그림이었다.

참으로 멋있어 보였다. 실력은 처음부터 별 문제가 아니다. 그저 뜻 맞는 사람끼리 어울려 즐기는 그것이 좋았다.

개나리꽃이 곱게 피고 벚꽃이 만발한 경북여고 코트에서 남산회는 도원결의桃園結義의 심정으로 그렇게 탄생하였다. 단지 운동을 같이 하자는 것만으로는 만족할 수 없었다. 우리에게는 청춘이 아쉬웠고 낭만이 그리웠다. 그래서 미스 추도, 미스 최도 회원이 되었다. 남산회는 한껏 멋을 부렸다. 틈만 나면 어울리다 보니 수어지교水魚之交가 따로 있는 것이 아니었다.

클럽대항에서 우승한 것보다는 어느 살롱의 미희美姬들이 날라다 주던 그 향긋한 커피의 맛, 얼음에 채운 수박의 달고 시원한 맛을 지금도 잊을 수가 없다.

대봉동의 돼지족발집에서부터 시내의 술집들을 잘도 순회했다. 술 힘을 빌려 인생을 토론하고 경세의 철학을 논하다가 통금을 핑계 삼아 객기를 부리던 호걸이던가, 돈 없는 천지에 영웅이 적고 술이 있는 곳에 호걸이 많도다無錢天地少英雄, 有酒江山多豪傑. 수주樹州의 명정酩酊을 흉내 내고, 주선酒仙 이백李白에게 자리를 양보할 수 없었다. 모두가 천금과도 바꿀 수 없는 추억이었다는 생각이 든다.

삼십 대의 그 건장하던 멋쟁이가 어언 할아버지 소리를 듣게 되었다. 이십 대의 홍안 미소년이 벌써 중견 사업가가 되어 대구를 주름잡고 있다.

하룻밤 풋사랑을 못내 아쉬워하던 미희美姬들은 지금쯤 무엇을 하고 있을까? 많은 일화와 숱한 사연을 뿌리고 훌쩍 먼저 떠나버린 풍운의 우진宇鎭 형兄. 그의 묘소 앞에 어느 소녀는 한 다발의 꽃과 함께 "아저씨는 바보야." 하는 애틋한 사연을 전했다. 그는 과연 바보였던가, 못 잊어 몸부림치는 그 소녀를 못 본 채 어찌 무정하게 눈을 감는가.

이십 년 세월이 뜬구름이구나, 어느덧 뜰 아래는 오동잎이 지는 것을….

그러나 우리는 열심히 뛰었다. 원래부터 우리는 이성보다는 감성을 강조해 왔다. 남산회는 정을 아는, 멋을 아는 사나이 중의 사나이였다.

이제 성년이 된 남산이여! 머뭇거리지 말고 장밋빛 대지를 향하여, 저 푸른 창공을 향하여 멋지게 비상飛翔하라.

멋은 남산의 얼이요, 멋을 아는 남산회는 영원하리라.

(1992년, 남산회 20년사 발간에 즈음하여)

법의 존엄성

　　법의 날을 기념하여 본회에서 지방자치제도라는 주제로 가진 세미나에서 주제발표자와 토론참가자가 지방자치제 조기 실시의 당위성을 역설하였다.

　그러고 보니 지방자치법과 지방의회 의원 선거법에는 금년 5월 1일까지 지방의회 의원 선거를 실시하도록 규정하고 있는데, 책임 있는 누구 한 사람 이에 대하여 적절한 해명 한마디 없이 기간을 초과하였다. 지난번 동해지역 재선거에서, 보다 못한 당해 선거관리위원회가 후보자들을 선거법 위반으로 고발하였지만, 이와 같은 선거법 위반이야 지난번 양대 선거도 예외는 아니었다. 구민의 대의기관이나 국가의 통치자가 되겠다는 사람들이 법을 우습게 생각하고 있는 마당에 감히 누구에게 법을 지키라고 할 수 있겠는가.

정부와 학생, 사용주와 근로자가 적대의식을 갖고 한판 승부를 벌이는 치열한 대결의 양상이 계속되고 있다. 이제 뭔가 대화를 통한 문제 해결을 하려는 진지한 노력이 있어야 하지 않겠는가.

여기에 민주화 욕망의 과도한 분출에도 문제가 있겠지만, 한편으로는 그동안 누적되어 왔던 비민주적인 법 운용에 있었다는 점도 부인할 수 없을 것이다.

우리는 전통적으로 유교의 영향을 받아 군자는 예에 따라 행동하여야 하며, 소인이나 법에 의하여 다스림을 받는다는 것이 일반적인 생각이었다. 착하고 선한 사람을 가리켜 법 없이도 살 수 있는 사람이라 하고, 사리를 따지고 법으로 해결하자고 한다면 그런 사람은 바람직하지 못한 성품의 소유자로 본다. 그래서 통치수단이나 분쟁 해결방법으로서의 법의 기능을 예나 도덕적인 윤리규범보다는 차선의 것으로 생각해 왔다. 뿐만 아니라 법은 다스리는 자의 지배수단으로 이해되었다. 법은 항상 위에서 만들어 아랫사람들이 지키도록 되어 있는 것으로 보아 왔다. 전통적인 관점으로 보면 법은 국민의 권리 이익의 보호와 무관한 것이며, 오히려 두려움의 대상이었다.

이러한 법에 대한 의식은 유교가 통치이념이던 조선조에 우리의 의식 속에 깊이 자리 잡았으며, 원인은 다르지만 이러한 법의식의 구조는 일제 하에 더욱 심화되어 법을 기피하고 법을 지키고자 하는 정신이 희박할 수밖에 없었다.

이와 같은 법 경시의 풍조 이외에도 국민의 법의식과 실정법과의 괴리 때문에 국민이 법을 지키기를 기피하는 현상이 더욱 문제였다. 역사법학파의 사비늬는 법은 만드는 것이 아니라 생성되는 것이라 했다. 입법 활동에 의하여 마련되는 제정법보다는 오랜 인습에 따라 생성되는 관습법이 국민정신에 합당하는 진정한 법이라고 말한다. 법은 자연발생적인 생성과정을 통하여 형성될 때 비로소 실효성을 가진다는 것이다. 그런데 성문화된 법과 국민이 가지고 있는 법에 대한 가치체계 또는 의식에 괴리현상이 발생한다면 국민이 법法을 지키리라고 기대하기는 어려운 것이다.

불행스럽게도 우리에게는 이와 같은 과거가 있었다. 유신하에서, 제5공화국에서 국민의 의도와는 거리가 먼, 법치주의를 훼손시켰던 실정법이 수다히 제정되었다. 그리하여 이에 저항하는 세력을 필연적으로 등장케 하고, 다수의 민중과 정부 사이에 충돌이 그칠 날이 없었으며, 이 법을 적용하는 사법부에 대하여까지 깊은 불신의 뿌리가 내리게 되어 법의 존엄성은 상처투성이가 되었다.

자유민주주의 국가의 법은 원래 국민들의 행동규범을 정하는 외에 국가의 통치행위, 행정작용과 절차를 엄격하게 규정하여 국가권력의 자의적인 행사로부터 국민의 자유와 권익을 옹호하자는 것이다. 우리는 이제라도 비틀거리는 법을 제자리에 서게 하여 법의 존엄성을 찾아야 한다. 무엇보다도 위정자가 법을 두려워하는 자세를 가져야 한다. 그래야만 국민이 믿고 따를 것이다.

법은 라드부르흐가 지적한 것처럼 인간의 본성과 사물의 본성에 기초를 두고 사물의 본성에 따라 인간의 본성에 의하여 제정되어야 한다. 입법자는 법을 만들기 이전에 그 사회구성원의 법의식을 살펴 그들이 무엇을 바라고 있는지, 무엇이 그들의 이익과 권리를 보호하는 것인지 그들의 의사를 충분히 수렴하여 입법함으로써 그들의 법의식을 지도하고 법의 실효성을 거둘 수 있도록 하여야 한다.

또 아무리 훌륭한 법이라도 공평무사하게 적용되지 않는다면 아무도 그 법을 믿고 지키려 하지 않을 것이다.

국민이 즐겨 지킬 수 있는 법이 제정되고 위정자가 이 법을 공평무사하게 적용하는 날 준법정신은 보다 고양될 것이며, 그리하여 법의 존엄성이 회복된다면 우리에게도 화합의 새 장이 열릴 것이라 믿는다.

(1989년 대구지방변호사회지 〈형평과 정의〉 권두언)

초근목피草根木皮로 보릿고개를 넘기던 때가 언제였던가.

이러한 기근을 극복하기 위하여 근대화의 기치를 내걸고 우리도 잘살아야겠다는 일념에서 잘도 참고 견디면서 온갖 험한 일들을 싼 품값으로 열심히 일해 왔다. 이제 우리도 그런대로 선진국과 어깨를 겨루어 어느 정도 물질적인 풍요를 누리게 되었다.

그러나 물질생활의 향상에도 불구하고 우리들의 정신적 상황은 결코 순조롭지 못하다. 대화를 단절한 채 파행으로 치닫고 있는 정치적 난국, 조직폭력배와 흉악범의 증가, 청소년의 방황, 과격한 학원의 소요, 험악한 노사분규 등 우리들의 마음을 무겁게 하는 것이 한두 가지가 아니다. 특히 인신매매, 어린이 유괴, 성폭행 같은 범죄의 급증은 사회불안의 큰 요인이 되고 있다.

우리는 범죄와 질병, 빈곤이 없는 그런 사회를 동경한다. 흔히 범죄 발생의 원인으로 빈곤, 정신병질, 유전장애 등을 들고 있다. 속담에 삼 일 굶어 남의 집 담장 넘지 않을 사람 없다고 한다. 물론 인간의 모든 행위가 기본적으로 그 생활상의 욕구 충족을 목적으로 하는 이상 경제적 빈곤은 범죄와 비행의 직간접의 원인으로 작용할 수밖에 없다.

그러나 우리의 주변에는 가난을 탓하지 않고 범죄와는 거리가 먼, 건전하고 창조적인 생활을 하는 선량한 이웃들이 얼마든지 있다. 1943년경 인도 캘커타 지방의 대기근에서 그곳 힌두교도 시민들은 그 배고픔의 상황 속에서도 거리에 즐비한 수많은 소들을 잡아먹을 생각을 않고 또 쌀가게나 부유층 사람들의 놀이 장소를 공격하는 일 없이 차라리 죽어가고 있었다는 것이다.

이른바 가진 자의 화이트칼라 범죄가 가난 때문은 아니잖은가. 공중전화 부스에서 전화를 빨리 끝내라고 독촉한다고 흉기로 사람을 살해한 일은 빈곤만으로는 도저히 설명될 수 없다.

인간의 본성이 원래 이처럼 잔인하고 파렴치한 것인가.

인간의 본성에 관하여는 고래로부터 성선설性善說과 성악설性惡說의 대립이 있어 왔다.

성선설의 맹자는, 인간은 본성적으로는 선하기 때문에 남을 불쌍하게 생각하는 측은지심惻隱之心을 갖게 되고, 이 측은지심에서 시작하여 수치심, 사양심, 그리고 시비곡직을 따지는 정의심 같은 것이 나오는 것이라고 보았다. 그러면 사람이 악을 행하는 이유는 무엇인가. 그것은 현실의 생활조건이 나빠서 그렇게 된다는 것이다. 그러므로 생활조건을 개선하면 사람들의 범죄문제는 쉽게 해결될 수 있다고 한다.

성악설의 순자는 인간의 본성은 악이며, 그 선한 것은 위僞라는 것이다. 인간의 본성은 기본적으로 악하고 이기적이기 때문에 사람들이 선행하는 것은 모두 태어난 후에 배워서 하게 되고 가르치고 익혀서 할 수 있게 되는 것이다. 그러므로 단순한 물질생활의 개선만으로는 그 악성의 발로로서 범죄행위를 막을 수 없고, 교정이 불가능하며, 특별한 교육과 훈련에 의하여서만 범죄행위를 방지할 수 있다는 것이다.

위 두 설에 대응하는 것으로 인간의 본성은 처음에는 백지와 같이 거의 무관하다는 백지설白紙說이다. 17세기 영국의 철학가 존 로크는 태어날 때 인간의 마음은 백지와 같아서 자라나면서 경험하고 배운 모든 것들을 그 백지 위에 써내려가는 것이 삶의 형태며 학습된 인생의 총체라는 것이다. 그러므로 비행은 잘못 써내려간 삶일 뿐이므로 궤도 수정에 의하여 얼마든지 교정이 가능하다는 것이다.

인간의 본성이 어디에 있건 그가 경험한 환경과 교육에 따라 크게 영향을 받게 된다는 사실은 부정할 수 없으며, 그래서 환경과 교육은 범죄와 무관할 수 없는 것이다.

과연 우리의 현실은 어떠한가. 정직하고 성실하게 일하는 사람이 잘살 수 있고 존경받는 사회인가. 수단과 방법을 가리지 아니하고 지위와 부를 획득하기만 하면 바로 성공한 인생으로 비치고 있는 것은 아닌가.

허기진 배를 채워야겠다는 생각에만 급급한 나머지 어떻게 사는 것이 잘사는 것인지, 생겨난 이익은 어떻게 분배해야 하는지, 돈은 무엇에 어떻게 써야 하는지에 대하여 생각할 겨를이 없었다. 가진 자의 사치와 낭비는 계층 간의 위화감만 심화시켰고, 급격한 사회구조의 변화 속에서 우리 사회를 오랫동안 지탱해 왔던 전통윤리는 그 통제력을 잃은 지 오래이다. 국민의 대의기관인 국회가 격투장이 되고 대화를 단절한 채 중요 법안이 날치기로 처리되며, 국민의 사표가 되어야 할 공직사회에 부패와 부정이 근절되지 않는 한 이 나라의 장래는 더욱 암담할 따름이다. 윗물이 맑아야 아랫물이 맑은 법이다.

분배의 불균형으로 인한 계층 간의 갈등과 상대적 빈곤, 물질만능주의와 배금사상의 팽배 등은 우리의 전통윤리관과 가치관에 심한 혼돈을 가져왔고, 이와 같은 사회환경은 새로운 범죄의 양산과 무관할 수 없다.

당국에서도 부조리 제거와 사회 정화라는 이름으로 각종 반사회적 부정부패와 범죄 단속에 무심한 것만은 아니다. 그동안 범죄의 흉포화와 조직화에 대해 특별법을 제정하여 중벌하여 왔고, 급증하고 있는 민생침해사범을 근절하기 위해서 또 특별법을 마련한다는 것이다.

형벌의 예방기능이 단순히 그 형량의 크기만에 의하여 좌우되는 것은 아니다. 오히려 그 집행방법과 시행과정, 즉 범죄 인지, 범죄자 검거 능률, 형벌의 결정과 집행 과정이 공평해야 한다.

아놀드 토인비는 물질주의는 지상의 자원의 한계성 때문에 지금까지와 같은 물질 추구의 문명체계가 계속 추진된다면 인류는 가까운 장래에 종멸의 위국에 당면하게 될 것이라고 선언하였다. 이를 극복하기 위하여 역시 인류는 고대로부터 동서의 성자들이 가르쳐 온 정신주의의 생활방식을 그 생활의 기본 방법으로 받아들이지 않으면 안 된다고 한다. 일전 TV 대담프로에서 김수환 추기경이 우리가 일본에 뒤떨어진 것은 자본과 기술이 아니라 정신이라고 한 것은 같은 맥락에서 깊이 음미하여야 할 과제인 것이다.

우리에게 지금처럼 인간성 회복이 절실한 때는 없었다. 이 정치적 난국, 경제적 위기, 사회적 불안을 극복하기 위해 전도된 가치관, 윤리관을 되찾아 사람이 사람다워져야 하겠다. 그래서 정직하고 성실한 사람이 잘살고 존경받는 사회가 되어야만 만연하는 범죄를 예방할 수 있을 것이다.

그것은 범죄 후의 형벌에 의한 교정보다도 좋은 사회환경을 조성하여 범죄 발생의 소인을 제거함으로써 범죄를 예방하는 것이 더욱 바람직한 길이기 때문이다.

(1990년 대구지방변호사회지 〈형평과 정의〉 권두언)

5
그날이 올 때까지

춘소산화春宵散話
- 두견杜鵑과 독서讀書

　　나는 봄이라면 의레 꽃을 생각하게 되고 더욱이 이른 봄 소복단장素服丹粧한 배꽃[梨花]을 잊을 수 없다. 이 소복의 배꽃을 생각하게 되면 달 밝은 밤 두견새 역시 잊을 수 없는 존재이다.

　　일찍이 옛님들은 달 밝은 봄밤 아담스럽게 피어난 한 떨기 배꽃을 바라보며 적막한 공산空山을 흐느끼게 하는 두견의 비명悲鳴을 노래하여

　　　　이화梨花에 월백月白하고 은한銀漢이 삼경三更인 제
　　　　일지춘심一枝春心을 자규子規야 알랴마는

다정도 병인 양하여 잠 못 들어 하노라

(고려말 이조년李兆年 작)

이렇듯 봄 눈 녹듯 녹아 내리는 정열情熱을 못내 그리워 늦은 밤 심지 돋우고 님 그리며 불렀을 것이다.

이 밤도 정녕 그 옛날의 봄밤과 무엇이 다르랴. 달라졌다면 세찬 인정과 혼탁한 사회뿐일 것이다. 교교皎皎한 밝은 달은 아낌없이 온 세상을 비추는데 처량한 저 두견은 무슨 심정으로 잠자는 내 가슴을 휘저어 버리는고. 아무도 아쉬울 님 없고 그리워해 줄 사람 없건만 귀촉도歸蜀途! 귀촉도歸蜀途! 피나게 우는 두견새 소리 그냥 들어 넘길 재주가 없구나.

옛날 중국 촉나라의 망제望祭는 성군聖君이었다. 그 밑에 형인刑人 별령鼈靈이란 자가 찾아와 정승질하더니 망제望祭의 덕德이 별령에 미치지 못함을 알고 자리를 내어주고 자취를 감추었다 하는 성군이었다. 이 성군 망제의 죽은 혼이 뒷날 두견새가 되었다 함은 너무도 유명한 이야기거니와, 이 두견은 외로운 밤 적막한 공산空山에서 피나게 울고 울어 나뭇가지에 선혈鮮血로 물들이고 쓰러지고 만다는 처량한 새다.

옛날에는 망제와 같은 성군도 많았으리라. 물론 폭군 또한 한두 사람이 아니었겠지.

그러나 촉나라 역사가 바뀐 지 이미 수천년이 지난 오늘날 망제의 혼魂 두견은 봄이면 밤마다 눈물로써 피로써 성군의 철학을 호소하건만, 우리는 정말 어느 정도의 어진 사람들이 되었는가? 결코 어질지를 못했다. 도덕道德과 염치廉恥는 땅에 떨어지고 반인륜反人倫과 부패, 권력과 금력金力이 활개를 친다. 서로가 서로를 저주하고 자성自省과 반성은 잃어버린 지 오래다. 보라! 저기를. 포식飽食과 주악奏樂에 도취되어 세상을 구가謳歌하고 있지 않은가. 눈을 돌려 구석진 저기를 보라, 하루의 끼니도 못 잇고 아귀다툼하고 있다.

이렇듯 고르지 못한 세상, 저주와 원망만이 찬 세상, 제 잘난 사람만이 사는 세상을 성조聖鳥 두견은 타산지석他山之石으로 보고만 있을 수 없었을 것이다. 이 못나고 불쌍한 중생을 위하여 한없이 달래도 보고 울어도 보았으나 그들에게는 우이독경牛耳讀經이었으리라.

나는 창을 열고 더욱 유심히 귀를 기울여본다. 분명 그렇다. 귀촉귀촉歸蜀 가는 길이 힘해서 우는 두견이가 아니요, 이 못생긴 속세의 인간을 위한 성혈聖血의 눈물임이 틀림없다.

이렇게 착잡한 공상空想에 사로잡힌 나다. 때가 봄이요, 몸도 봄이다. 아무리 청춘을 묻고 독서삼매경에 도취되었더라도 달 밝은 밤 간장을 찢는 듯한 비명悲鳴(정녕 비명이다)을 무슨 재주로 그냥 들어 넘긴단 말이냐.

옛날 중국의 형설螢雪의 공을 세운 차윤車胤과 손강孫康도 이런 밤이면 무심히 독서讀書하지 못하였으리라.

위편韋編이 삼절三絶하고 칠서漆書가 박탈토록 만년에 주역을 애독하셨다는 대성 공자大聖 孔子여! 졸음이 오면 예추銳錐로 다리를 찔러 선혈로 물들였다는 소진蘇秦이여! 수마睡魔를 물리치기 위하여 원목침圓木枕을 사용하였다는 사마온공司馬溫公이여! 17년 동안 정원을 보지 않았다는 하휴何休 등등 헤아릴 수 없는 고학苦學의 선인들이여! 그대들은 이토록 교교한 밝은 달이 세상을 희롱하고 애달픈 두견새 우는 처절한 밤이면 어떤 방법으로 독서했는가를 대답해 다오.

이 어리석은 자여, 너 비록 청운의 뜻을 품고 이 외로운 정자에서 끙끙거리고 책장만 헤아리고 있으나 제 정신도 가다듬지 못하는 주제에 무슨 용기로 독서를 꿈꾸느냐. 독서 이전에 제 마음부터 수양할지니라.

저 밝은 달은 틀림없는 우주의 조그만 별에 불과하다. 네 마음의 등불이 태양과 같이 빛날 때 저 달은 반딧불 같은 존재로 너의 책장을 비춰줄 것이며, 애달픈 두견의 울음소리가 망제의 철학강의로 들릴 때 비로소 독서할 자격이 있는 것이다.

요절한 여자는 독사毒蛇와 같고 망령된 생각은 마음을 상할 따름이니라. 이러한 교훈이 들리는 듯 여전히 처연한 두견성杜鵑聲뿐이다.

밤도 이미 삼경三更이다. 이 밤은 어찌 이다지도 서러운고, 차라리 술이라도 마시고 실컷 울고 싶구나. 저토록 처절한 두견성杜鵑聲도 부패腐敗 없고 건설建設만이 있는 세상, 권력과 금력과 폭력이 날개를 꺾고 만민이 진실로 평등한 세상, 만백성이 모략과 중상이 없고 서로 서로가 도와 화기和氣 가득한 세월이 오면 저렇게 슬피 울진 않을 것이다.

문득 두견은 위대한 라빈드라나아드·타골의 기도문을 외운다.

"오오 그대여 나의 생명의 생명이여!
내 사치四肢 위에 싱싱한 그대 숨결을 느끼며 내 육신을 깨끗이 지니려고 늘 힘 쓰고 있나이다.
나의 가슴의 가장 성스러운 왕좌를 그대가 차지하였음을 알고, 나의 가슴에서 악을 내어쫓고 나의 사랑의 꽃을 지니려고 나는 늘 힘쓰고 있나이다.
그리해서 그대의 힘이 나에게 힘을 주어서 행하게 함을 알고 나의 행위 속에서 그대를 나타냄을 언제나 내가 해야 할 일인 것이외다."

기도는 끝났다. 마치 잔잔한 호수와도 같이 고요해지고 달빛만이 요염要艶을 떨 뿐이다.

그러나 누구를 원망하는 듯, 저주하는 듯 피에 젖은 두견새가 눈에 아른거리며 귀촉이 기다려지는 심정 어찌하랴. 또다시 변함없는 귀촉도歸蜀途! 귀촉도歸蜀途! 귀촉독歸燭讀! 귀촉독歸燭讀!…… 촉蜀나라로 가자는가, 글방으로 가자는가? 두어라, 네 심정 알아줄 이 그 몇이나 있으리오.

(11회 고시합격자 박헌기)

그날이 올 때까지
- 13회 응시의 동창에게 보내는 글

-추억의 그날

꽁꽁 얼어붙은 만물도 봄눈과 함께 녹아 버렸고, 희망에 찬 새 봄을 맞이하였다. 뒷동산 진달래는 벌써 만발하였으며 집 앞 살구꽃도 향기를 돋운다.

머지않아 보통고시가 있고 이어 고등고시가 있다. 올해도 지금으로부터 시작될 백열전은 서전序戰의 포문을 연 셈이다.

이 봄도 정녕 한없이 찬양하는 인생의 봄을 이 음산한 책상 앞에서 아무런 미련도 없이 대지의 봄과 함께 사를 것을 생각하면 인생의 허무함을 자신만이 경험하는 듯 슬프다.

그러나 찬란했던 지난날을 회상하고 닥쳐올 앞날을 설계하노라면 그래도 우울하던 심정은 흩어지고 오직 초지일관初志一貫 희망의 상아탑을 향하여 돌진할 수 있음이 다행이 아니랴!

내가 보통고시에 합격한 것이 제11회 때이니 이번 고시는 두 번째 맞이하는 셈이다.

지금 생각하면 아름다운 꿈과도 같다. 그때 많은 사람들의 칭찬과 환영 속에 보통고시 합격증을 들고 고향으로 돌아올 때 문자 그대로 금의환향錦衣還鄉이었고 자신도 모르게 기뻐 날뛰었던 것이다.

필기고시 합격 통지를 받고 이십여 일 앓아누웠던 일을 생각하면 지금도 가슴이 뭉클하고 심장이 고동친다(단 하루만 더 앓았더라면 합격은 수포화水泡化하고 말았을 것이다). 생각할수록 아찔하다.

나는 아직 이러한 이야기를 기억하고 있다. 모 고시考試 수험생이 상당한 성적으로 필기고시를 합격했는데, 원통하게도 구술고시 하루 전날 건강이 좋지 못해서 아내에게 주사注射를 맞다가 그만 영원히 못 올 곳으로 떠나고 말았다 한다. 이 얼마나 애석한 일인가!

자칫했으면 그 선배 수험생의 뒤를 따를 뻔했던 나였기에 여기서 자랑삼아 보통고시의 수험실화를 적어 보련다. 수험실화래야

별자랑을 늘어놓음으로써 수험생 동지들에게 다같이 건강에 조심하자는 뜻이다.

　　○　　　　　○

"네가 아주 어릴 때는 성질이 급하고 남과 싸우기를 좋아했는데 온 성미도 저렇게 변한담."

연일 책상 앞을 떠나지 않는 내게 어머님은 곧잘 이런 말씀을 하셨지만 그것은 물론 기억도 없을 때의 일일 것이다.

내 나이 아마 여섯 살 때의 일이라고 기억된다. 그러니 기묘己卯년 흉년 그 이듬핸가 모르겠다. 다만 그 해도 역시 비가 오지 않아서 대파代播를 했다는 것은 확실히 기억하고 있다.

그때 지금 이 글을 쓰고 있는 지헌서당芝軒書堂 바로 뒤였다. 아버지는 논에서 일을 하셨고 나는 소 먹이러 못둑 밑으로 내려갔다. 소에 끌려다니는 것이 퍽 힘들었으나 그렇다고 집으로 돌아가기에는 아직 멀었다. 오월의 따뜻한 석양 빛을 받으며 논둑 밑에 쪼그리고 앉은 것이 사건의 발단이었다.

이상한 소리에 깜짝 놀라 깨었을 땐 소는 간곳이 없고 언제 어둠이 내렸는지 지척을 분간할 수 없었다. 아! 논둑 밑에서 자고 있었던 것이 아닌가? 그만 오싹 겁을 집어먹고 말았다.

그런데 멀찌감치 등불이 보이고 인기척이 나더니 내 이름을 부르지 않는가. 목멘 어머님의 부르짖음이 틀림이 없었다. 내가 뛰어갔을 때 어머님은 나를 끌어안고 마구 우셨다. 집에 돌아와 온 동리 사람들이 모인 가운데 아무 일 없었다는 듯 죽 한 그릇을 다 해치웠다.

"무척 어리석은 놈이야. 어떻게 하자고 들판에서 잔담……."

"아무려나 다행이지. 요즘같이 늑대가 흔한 때에……."

이렇듯 온 동리 사람을 뒤집히게 한 어리석음을 저질렀기에 곧잘 어른들의 놀림감이 되었던 것이다.

그러나 나의 첫 수업장이며 마지막 학창생활이던 초등학교 시절은 그대로 행운아로 자처하고 육 년 동안 우등優等으로 졸업할 수 있었다는 점에 남이 부러워하였다.

이러한 행운은 결코 오래 가지 못했다. 교문을 나선 그날부터 황금黃金의 마술魔術은 이 철없는 소동에게도 어김없이 찾아와 운명에 우는 초동草童으로 만들고야 말았던 것이다.

시세時勢는 일전一轉하여 나를 부러워하던 그들은 중학생이 되고 나는 그들을 부러워하지 않으면 안 되었다. 이 산골에서도 일요일이면 오고가는 중학생들을 볼 수 있었다. 보기만 하여도 부러워 죽을 지경이라 부질없이 부모님만 조르고 물곤 한 것이 그 몇 번이었던가.

"집안이 이꼴이니 말이다. 당장 먹고살아야 되지 않겠느냐? 주경야독晝耕夜讀이라는 말이 있지 않니. 큰사람은 다 가난한 집안에서 태어나는 법이니라. 틈나는 대로 열심히 공부해라."

인생의 석양에 접어드신 부모님은 남같이 학교 못 보냄을 한恨하시고 이렇게 부드럽게 타일러 주셨다.

이제는 다시 찾을 수 없는 학창, 코 흘리며 울로 다니던 이 어린 소학교를 학창이라고 불러야 할 심정! 그러나 그도 지나간 아름다운 꿈이었다.

–지방공무원 고시의 합격

초등학교 은사이며 당시 면사무소에 근무하시던 H 선생님의 주선으로 면사무소 급사로 심부름을 하게 되었으니 그때 나이 열일곱이었다.

항상 가슴 한구석을 떠나지 않던 향학심向學心은 배울 수만 있다면 직職의 고하와 귀천을 가릴 겨를이 없었고 겹쳐드는 흉년에 명命이라도 이을 수 있다는 데 호기심을 가졌던 것이다.

그러나 실지 근무해본 결과 기대와는 여러 가지로 어그러졌으나, 틈나는 대로 무슨 책이고 간에 읽었다. 차차 면사무소 사정을 알게 되면서부터 여러 모로 충격을 받았고, 이듬해 봄 영천永川군청에서 보이는 지방공무원 자격시험이 있다는 쾌보快報를 듣고 일약一躍 응시하기로 작정하고 직원들의 격려와 상사의 따뜻한 후의와 지도로 별 구애없이 공부할 수 있었다.

4286년 5월 15일 드디어 시험의 막이 열리었다.

굽이쳐 흐르는 금호강물이 감싸도는 조양각朝陽閣에 올라 나의 어두운 인생행로에도 봄빛이 비쳐줌을 느끼었으니 마치 즐거운 새와도 같이 희망의 날개를 펴볼 수 있는 영광을 획득하였기 때문이었다.

다행히도 합격자 가운데 내 나이가 제일 어렸다는 점에 시험관들의 비상한 총애와 환영을 독차지할 수 있었고, 여기에 고조高調되어 수줍은 시골 처녀처럼 불타는 정열은 마침내 새로운 희망과 욕망 아래 보통고시에 응시할 것을 각오하고 그날로 강의록을 구독하였던 것이다.

―보시普試를 합격하기까지

보통고시에 처음 응시한 것은 4288년 제10회 고시 때였다.

당시 면사무소에 근무하였으므로 여러 가지로 수험준비에는 곤란한 점도 많았고, 특히 시간의 제약을 받아 충분한 응시공부를 할 수 없었다. 더욱이 첫 경험이요, 고시에 대한 아무런 상식도 없었고 응시 준비 방법마저 졸렬拙劣하였다. 이러한 단점을 지닌 채 결국 실패로 돌아가고 말았다.

여기에 굴하지 않고 권토중래捲土重來, 성과 열을 오직 고시에 기울였다. 저번 실패의 경험을 토대로 바쁜 공무에도 불구하고 시간 포착에 힘을 써서 자나 깨나 책을 멀리하지 않았다.

기다리던 제11회 보통고시가 있다는 쾌보를 듣고 상사의 후의로 일개월여의 여가를 얻을 수 있었다. 이 기간의 이야기는 필설로 형언할 수 없는 고통이 따랐다. 하여 최후의 수단을 강구하지 않으면 안 되었다. 원래 짧은 기간이라 무리한 공부를 했으므로 건강상 여간 나쁘지 않았다.

4289년 9월 25일, 형무소 죄수와도 같이 여위고 말라빠진 얼굴들이 비 내리는 경북중학교 강당에 모여 앉았다. 얼마 후이면 울고 웃을 해죽한 얼굴들이 그래도 엄숙을 지난 양 조용히 감시원의 주의사항을 들을 때도 비바람만은 유리창을 쳐부수며 간간 적막을 깨트렸다.

드디어 운명의 종이 울리고 시험지는 눈앞에 펼쳐졌다. 요행히도 자기가 생각한 범위 이내의 문제라면 앙상한 얼굴에도 웃음을 담고, '신이 나에게 도움을 주셨도다!'고 외칠 것이다. 그러나 대부분이 낙제의 언도를 받은 것처럼 머리를 감싸안고 몸부림치며 신을 저주할 것이다.

옆에 앉은 수험생은 열심히 답안을 쓰는가 하면 앞에 앉은 친구는 정신나간 사람처럼 창 너머로 무엇을 응시하고 있는지 이렇듯

한 강당 안에 한 가지 목표 아래에도 천태만상을 이루고 있다.

나 자신도 이 별세계의 한 사람으로 꿈을 꾸고 있는 것이다. 집을 나설 때는 꼭 합격하겠다고 맹세하고 성황당에 들러 정성껏 절을 하며 "당님, 제발 저에게 합격의 영예를 주소서!" 몇 번이나 빌었다.

이 못난 자식을 위하여 새벽같이 정화수로 합격을 기도하시던 어머님의 정성! 약한 나에게는 너무도 벅찬 부담이었다.

이와 같은 착잡한 한 시간 반이 지나면 억지로라도 웃어볼 수 있다.

"어떻게 되었소?"

"이번 시간은 잘 치렀소?"

이렇게 묻게 되면 상대방은 으레

"별 자신은 없군요."

그렇잖으면 아주 낙심하여

"이번에도 또 실패인가 보구려."

이렇게 죽어가는 말들이 수험장에서 새어나옴을 들을 수 있다.

그러나 이제는 합격, 불합격은 운명에 맡기고 남은 일은 쉬지 않고 공부만을 계속할 따름이다.

11월 20일, 기다리고 기다리던 필기고시 합격통지를 받았다. 그때의 감회야말로 형언할 수 없다. 그저 기뻤다.

모든 일에는 호사다마好事多魔라더니 필기고시 합격통지를 받은 후 우연히 유행성감기로 앓아눕게 되었다. 구술고시를 며칠 앞우고는 병세가 날로 맹렬하여 백방으로 복약도 해보았으나 모두가 무효였다. 초조한 심정에서 책을 안고 굴러 보았으나 무슨 소용이랴! 차차 병은 중태에 빠져 시험의 생각은 차치하고 생명에 위험이 가까워올 뿐이었다.

면에서나 동리에서도 애석한 심정에서 위문을 와 주시고 여러 가지로 설유해 주었다.

"그렇게 조급히 굴지 말고 마음을 진정해야 된다. 몸이 편해야만 시험이고 무엇이고 할 수 있는 것이다. 그 지혜로 차기에 응시해도 합격될 것이니 병 조리나 잘 하려무나."

이렇듯 위로들을 했으나 나에게는 마이동풍馬耳東風 격이었다. 백척간두에서 불행히도 천길 낭떠러지에 굴러 떨어지는 낙오자와 같은 심정에서 눈물은 한없이 솟아올랐다.

아! 박복한 이 인생이여! 울어도 시원치 않은 심정, 어떻게 해야 옳단 말인가. 차라리 이대로 썩어 버리고 싶구나. 고시와는 영원히 정을 끊고 싶다. 아! 그러나 가다가 죽을지라도 그냥 누워만 있을 수는 없다. 그리운 서울로, 구술고시장으로, 불합격이라도 유감이 없을 듯하다. 갈 수만 있다면 이 밤이라도 달려가고야 말 것이다. 미친 듯 울며 몸부림쳐 보았으나 아무 소용이 없었다.

드디어 12월 3일, 내일이 구술고시 날이라는 것을 생각할 때 더욱 정신이 어지럽고 몸은 무겁기만 하였다. 인생 운명의 장난이란 이토록 쓰디쓰냐? 모든 것을 포기하고 몸을 돌보기로 작정하고 마음을 진정시키려고 애도 써 보았으나 주마등처럼 고시장으로 달리는 심정은 걷잡을 수 없었다.

다음 날 아침, 아직 미열微熱은 있었으나 두통은 진정되었다. 간신히 몸을 일으켜 보았으나 정신이 빙 돌고 몸은 천근도 넘는 성싶었다. 오늘 이 시각에 공무원훈련원에 모일 동기들을 생각할 때 다시금 눈물이 솟구쳐 올랐다.

'가자, 죽기 전에는 가야 한다. 가다가 죽는 한이 있더라도 가야만 한다.'

용솟음치는 심정에 몸을 일으키었다. 어머님은 손을 잡고 만류하셨고 집안 여러분들도 몸을 돌봐야 한다고 꾸중하시었다. 오직 아버지께서는 "오냐, 너 정녕 그렇다면 다녀 오너라."라고 말씀하시고 다음과 같은 이야기를 하시는 것이었다.

과거제도가 폐지되던 한 해 전이니, 즉 마지막 과거가 있을 때의 일이라 한다. 할아버지도 작년의 수업으로 이번 과거에 만반의 준비를 하고 계셨다 한다. 그런데 큰증조부께서도 수차에 긍하여 실패하신 과거를 이번에는 단연 급제하시겠다고, "나는 이제 마지막이다. 너는 아직 젊었으니 차후로 보기로 하여라. 어려운 집안에 두 사람이 가기에는 너무나 벅찬 경비다." 이렇듯 말씀하시므로 차후를 기다리지 않을 수 없었다. 할아버지의 울화는 마침내 과거제도가 없어짐으로 해서 평생소원을 이루지 못하고 큰 속병으로 돌변하여 고생하시었다 한다. 이러한 이야기를 하시면서

"너도 큰병 날 것만 같구나. 차라리 속 시원히 다녀오너라."

이와 같이 아버님의 허락을 얻어 즉시 떠나기로 결정하였던 것이다.

막상 떠나기로 작정하고 보니 이십여 일 동안 앓아 누웠으니 일어서기에도 힘이 들었고 정거장까지 이십 리 길을 도저히 걸어갈 수 없었다. 얼굴은 말라빠져 해골이나 다름이 없었고 더욱이 이발조차 못 했으니 몰골이 말이 아니었다. 하는 수 없이 우차를 구하기로 했다.

어머님의 몸 조심하라는 말씀과 동리 여러분들의 따뜻한 전송리에 우차에 몸을 실은 것은 오전 열 시가 넘어서였다. 흔들리는 우차에 몸을 의지하고 떠나는 심정, 과거 보러 한양으로 떠나는 고달픈 나그네의 신세라고나 할까, 어쨌던 감개무량이었다.

무단히 신을 저주하고 눈물로써 포기했던 고시를 오늘 비록 우차에 실린 병든 몸이나 마상에 오른 급제자와 같은 가벼운 마음으로 떠날 수 있었다. 오직 인자하신 부모님의 간곡한 부탁만

이 귀를 스치고 지나갈 뿐이다.

금호琴湖 버스 정류소에 도착한 것이 점심 때가 지나서였다. 종형從兄은 버스를 기다리게 하고 나는 먼저 진찰을 받기 위하여 병원을 찾았다. 병실에서 진찰을 받고 있을 때다. 형님이 오셔서 버스가 왔다고 하나 부득이 다음 차로 가기로 할 수밖에 없었다. 진찰결과는 아직 열이 높으나 별것 없다고 하였다. 주사를 한 대 맞기로 하고 밤차로 가면서 먹으라고 약 몇 봉지를 주었다. 그리고 음식은 무엇이든 위를 조심해서 먹으면 상관이 없다고 하였다. 이십여 일 밥조차 좋지 않다고 미음만 먹던 나에게는 놀라운 말씀이 아닐 수 없었다.

나는 여기에서 기적을 하나 이야기해 보련다.

버스를 타고 하양河陽을 지나 물띠미까지 갔을 때의 일이다. 눈앞에 벌어진 사고에 기겁을 하고 말았다. 내가 앞에 타고 가려던 바로 동해여객 버스가 대구에서 출발한 경북여객 버스와 충돌하여 차는 파괴되고 수많은 사상자를 내었던 것이다. 만일에 저 차를 승차했더라면……. 생각만 해도 몸서리가 쳐졌다. 나는 신에게 빌어 마지 않았다(신이여 나에게 도움을 주셨도다).

하루 늦게나마 고시장에 갈 수 있다는 것도, 진찰에 시간이 소비됨으로 해서 이 불행을 면할 수 있었다는 것도 모두가 기적이 아닐 수 없었다. 나는 정말 운수 좋은 놈이라고 비로소 자부해 보았다.

서울에 도착한 것은 구술고시 2일째인 12월 5일 아침이었다. 난생 처음 보는 서울이라 어마어마하기도 하고 황홀하였으나 여기에 정신을 팔 시간이 없었다. 바삐 KT에 근무하는 청온淸溫 형을 먼저 찾았다. 언제나 나를 사랑해 주고 음으로 양으로 지도와 편달을 아끼지 않으시고 이번 일에도 무척 걱정해 주시던 형을 만나는 순간 솟아오르는 눈물을 억제할 수 없었다. 죽지 않고 고시장으로 찾아왔다는 기쁨과 안도감에서였을 것이다. 청온 형은 기쁨에 넘치어

"어제도 고시장에 나가 보았지. 너만이 못 왔더란 말야. 당국에 이야기해 보아야 소용이 있어야지. 어떻게 심장이 상하는지 종일 극장에서 보냈어."

라고 말하는 것이었다.

시간이 이미 아홉 시가 지났음에 우리는 이야기할 겨를도 없이 경운동慶雲洞 공무원훈련원으로 차를 몰았다. 의외에도 텅빈 공무원훈련원에는 사람의 그림자를 볼 수 없었다. 조조한 심정에서 어떤 직원에게 물어보았더니 "아마 어제 끝났을 겁니다."라는 것이 아닌가. 그만 실망한 나는 패배자의 심정 그대로였다. 무거운 발걸음으로 국무원사무국고시과國務院事務局考試課를 찾으려 발을 옮겼다.

힘없이 고시과의 문을 열었을 때였다. 거기에는 수험생들이

모여 있지 않은가. 정말 기뻤다. 남이 보지 않으면 춤이라도 한 바탕 추고 싶었다. 여기에 생기를 얻어 하루 늦게 온 사정을 이야기하고 미리 준비해 온 의사 진단서를 계장에게 제출하였다. 고시계장께서도 잘 왔다고 동정하면서 구술고시 선택 과목을 물으셨다.

"국사와 법제대의입니다."라고 대답했더니 계장은 낙담하며 "국사는 어제 마쳤는데…… 어떡하나." 심히 난처한 표정이었다. 나는 다시 풀이 죽어 어떻게 받을 수 있도록 주선해 달라고 애원하였다.

"글쎄, 조금 기다려 보십시오. 사무국장과 과장님에게 의논해 보기로 합시다."

이렇게 애석하다는 듯 과장실로 사라졌다. 또다시 초조한 심정에서 좌불안석坐不安席이 되었다. 슬픔이 북받침을 억제하느라 멀거니 천장만 치어다보고 있었다.

얼마 후에 계장이 웃으면서 나타났다. 나는 부지중 벌떡 일어나 계장에게로 달려갔다.

"받기로 됐어요. 고시위원 선생님이 시내에 있으니 곧 모셔오기로 되었어요. 거기 앉아 기다리세요."

그저 고맙고 감사할 따름이었다. 기약없는 합격이나, 응시할 수 있다는 것만도 다행이었다.

오후 세 시가 넘어서야 겨우 시원치 못한 구술고시를 마치었다. 보시普試위원이며 당시 고시과장인 이백호李栢乎 선생께서는 구술고시 도중 "어찌 그렇게 힘이 없느냐?"고 충고하시었다. 이십여 일 병석에 앓아누워 지칠 대로 지치었고, 더욱이 아침밥조차 못 먹은 나에게는 그것도 억지로 나오는 소리였건만 죽어가는 사람에 다름없었던 모양이었다. 그뿐이랴, 병으로 인하여 정신이 애매하고 준비마저 없었으니 무식을 여지없이 폭로하였던 것이다.

말 타면 경마 잡히고 싶다더니 이제 합격권 내에 들어갈 수 있을까가 걱정이 아닐 수 없었다. 막상 구술고시를 마치고 나니 새삼스럽게 지난날이 원망스러웠다. 여기에서 건강이 위태함을 다시금 감복했다. 그보다 체약자의 슬픔을 뼈저리게 맛보았던 것이다.

이러한 기구한 운명과 기적 아래 드디어 합격자의 말석을 차지할 수 있었다.

아! 기쁘다. 이 모두가 하루 늦게 왔음에도 모든 주선을 아끼지 않으신 고시과 제 선생님들과 그리고 자비로우신 부모님의 후원, 청온淸溫 형兄의 지도해 주신 덕택이리라. 그뿐이 아니었다. 합격 동기들의 동정도 없지 않았다. 합격증서 수여식 날 모 동기가 구술고시에 병으로 못 왔다는 동기의 후문이 궁금하다는 것이다. 저라고 했더니 그 동기도 퍽 기뻐하였다. 이와 같이 고시를 지망하는 사람들은 어딘지 모르게 정이 통함을 알 수 있었다.

‒고등고시高等考試 예비고시豫備考試의 합격

보통고시 합격의 여세로 다음 예비고시에 응시할 것을 각오하고 일약 준비에 매진하였다.

4290년 4월 22일 제9회 고등고시 예비고시는 서울 경복중학교에서 막을 열었다. 나는 보통고시에서 절절히 느낀 바 있어 되도록 여유있는 정신을 가지기에 힘을 썼다.

고시 전날 우습게도 책을 던지고 모처럼 개방된 비원으로 놀러 갔던 것이다. 내일이 고시일이라고 끙끙거리고 앉았기보다 기분전환으로 괜찮다고 생각하였다. 다행히도 무난히 예시豫試의 관문을 통과할 수 있어서 기뻤다.

이제 남은 것은 고시高試다. 내가 근무하는 직장은 말단공무원인 면사무소이므로 시간의 여유가 없고 응시 준비에는 여러 가지로 애로가 많았다. 그러기에 제9회 고등고시의 응시를 포기하고 다음으로 미룸과 동시에 사표를 제출하였다. 이와같이 지구전持久戰을 피하고 단입전斷入戰으로 들어가기로 작정했다.

그때의 일기첩을 들쳐보면

"수개월을 두고 주저하던 사직원을 지난 9월 제출함으로써 나의 인생행로도 막다른 희망로로 달리고 있다. 막상 떠나는 직장이나 그래도 미련만은 가지 가지다. 나의 반 청춘이 여기서 자랐고 이만큼이라도 키워준 것이 직접 간접으로 이 직장의 영향이 많으리라.

그러나 이 직장이 장래 보금자리가 될 수 없을진댄 일찍 깨끗하게 털어버리고 꿈에라도 잊어본 적이 없는 고시高試의 관문을 통과하고야 말 것이 아니냐."

이토록 악착스럽게 싸워 볼 계획이었다.

그러나 고등고시 합격으로써 종국의 목적이 아닐진대, 무리로 건강을 돌보지 않을 수 없는 것이다.

나는 요즘 비교적 조용한 지헌서당芝軒書堂으로 짐을 옮김으로써 여러 면으로 좋은 조건을 가지고 있다.

첫째 조용하기로는 절[寺]에 못지않으며 건강상으로도 좋을 성싶다. 아침 저녁이면 억지로 보건체조라도 해보고 몹시 궁금할 땐 등산이라도 하고 진달래도 꺾어 오곤 한다.

좌우간 우리 수험생에게는 무시할 수 없는 것이 건강 문제이므로, 자기의 환적과 체질에 따라 적당한 운동과 영양을 섭취함으로써 건강을 유지해야 될 것이다.

-글을 맺으면서

나는 선배의 합격기를 하나의 청신제로 여겨왔다. 피로할 때나 권태가 일어나면 의레 선배들의 합격실기를 읽고 새로운 힘을 얻는다. 그리고 부근 선배 S 선생님에게 종종 지도도 받고 고시에 대하여 토론도 해본다. 얼마나 효과적인지 모른다.

그런데 나의 수험실화란, 머리에서 말한 바와 같이 병타령에 불과했고 보통고시에 지망하는 동지들에게 아무런 감흥도 주지 못했다는 점 유감으로 생각한다. 그러나 좋은 응시 요령과 수험 방법은 많은 선배들의 합격기로 충분히 습득되었으리라 믿는다.

보통 고시 합격이 그리 장한 것이 아니요 고등고시를 지망한다고 대단한 것도 아닐진대, 주제넘게 무슨 용기로써 붓을 들었는지 부끄럽기 짝이 없다.

그러나 이것이 철없는 독학도의 생활백서라는 것만은 숨길 수 없을 것이며 보통고시를 거치지 않으면 고등고시에 응시조차 할 수 없는 수험생이면 누구나 공명할 수 있을 것으로 믿고 감히 웃음거리를 내어놓는다.

끝으로 합격에 특별한 주선을 베풀어주신 고시당국자 여러 선생님에게 심심한 사의를 표함과 동시에 곤란한 생활난에도 불구하고 저에게 합격의 영광을 가져오게 해주신 부모님과 항시 지도편달해 주신 청온 형에게 지상을 통하여 감사하여 마지 않는다.

(1960. 6. 고시계考試界)